KB241903

이야기가 있는 에세이 · 이기철

손수건에 싼 편지

1999
모아드림

이야기가 있는 에세이

손수건에 싼 편지

어느 날 네가 내 곁에서
한 송이 씀바귀꽃으로 피어날 수 있다면,
어느 날 네가 내 곁에서
골을 씻는 물소리로 흐를 수 있다면

그때 나는 내 가진 모든 슬픔
내 가진 모든 아픔 이슬로 씻어
무지개 하나로 하늘에 걸어놓으리

어느 날 네가 내 곁에서
봄풀을 밀어 올리는 들판으로 누울 수 있다면,
어느 날 네가 내 곁에서
하늘을 비질하는 바람으로 불어갈 수 있다면

그때 나는 우리가 나눈 은사시 같은 기쁨
우리가 나눈 조약돌 같은 서러움 한 데 모아
이 세상 가장 먼곳으로 가는 소포로 부치리

그리하여 세상 사람들, 우리의 만남과 헤어짐을
시집 같은 사랑이라 불러주기만 한다면
나는 달빛 아래 흔들리는 나무로 서서
바람이 불러주는 노래를 영혼으로 들으리

네가 만일 세상의 어느 길 가에
하나의 목숨으로 살아있기만 하다면
네가 만일 세상의 어느 지붕 아래
하나의 생명으로 숨쉬고 있기만 하다면

차 · 례 손수건에 싼 편지

손수건에 싼 편지

색동 추억을 위하여

백년 뒤 사람들도 우리가 즐거워하는 노래를 즐거워할까?

백년 뒤 사람들도 우리가 서러워하는 노래를 서러워할까?

우리가 바라보았던 무지개를 그때 사람들도 넉넉한 마음으로 바라볼까? 우리가 황홀해 했던, 아침 들판에 퍼지는 첫 햇살을 그때 사람들도 황홀하게 바라볼까?

백년 뒤 사람들도 우리가 기뻐했던 시를 읽으며 기뻐하고 우리가 서러워했던 시를 읽으며 서러워할까? 그 기쁨과 그 서러움의 가락지들을 마음의 열 두 손가락에 낄까? 그리고 그것을 잠 들기 전에 가슴에 메달처럼 새겨둘까?

백년 뒤 사람들도,

'바다는 크레파스보다 진한, 푸르고 육중한 비늘을 무겁게 뒤채면서 숨을 쉰다' 라고 스스로의 정열과 회한을 바다에 비겨 표현하거나,

'이 지상의 모든 아름다운 것은 슬픈 일이나, 얼마나 단명하며 또 얼마나 없어지기 쉬운가? 그것은 말하자면 기적같이 와서는 행복같이 달아나 버리는 것이다' 라고 노을처럼 감격하거나 차탄(嗟歎)할까?

시를 읽고 음악을 듣고 차를 마시며 그네들은 백년전 이글을 쓴 사람들의 기쁨과 고뇌를 되새길까? 길을 걷거나 자동차를 타고 가며, 그네들은 백년 전 이 글을 쓴 사람들의 희망과 비애의 색깔을 이야기할까? 이 글을 쓴 사람들의 사랑했던 자리와 이별한 거리들을 기억할까?
백년 뒤 사람들도 우리와 같이,

「봄날은 간다」「곡예사의 첫사랑」의 슬픈 노래들을 기억할까? 「초혼」「설야」「향수」의 시들을 외면서 산길을 오를까?
분홍치마, 남빛 저고리의 옷고름을 씹어가며 성황당 길을 오르는 여인의 그리움을, 오늘도 옷고름 씹어가며 산제비 넘나도는 성황당 길에, 라고 노래 부를까? 기약 없는 약속과 슬픈 사랑을, 뜻하지 않은 만남과 속절없는 이별을, 줄을 타면 행복했지, 노래하면 즐거웠지, 흰 분칠에 빨간 코로 사랑노래 불렀었지, 라고 제 마음의 거문고 줄을 울리며 노래할까?

신성일, 최무룡은 퇴색되어도 박중훈, 박찬호는 기억할까? 마이클 잭슨, 씰베스터 스텔론, 마이크 타이슨은 기억할까? 그들의 삶과 그들의 명편(名篇)들을 기억할까? 빌 게이츠와 마이크로 소프트의 위력에

압도될까?

 IMF, 빅딜, 워크아웃을 기억할까? 천구백구십년대에는 명태가 명예퇴직자를 은유했다는 사실을 이해할까? 백조가 실직여성에 비유되었다는 사실을 기억할까? 역사는 사람들의 발길에 밟히면서 흙이 되고 흙이 된 역사가 다시 뭉쳐 바위가 된다는 사실을 시인할까?

 권터 글라스, 트루먼 캐포티, 알랭 로브 그리예, 잭 케루악을 기억할까? 그들이 고민한 전후(戰後)세대의 아픔을 기억할까? 그들이 쓴 20세기의 혈서들을 아랑곳할까?

 피에르 가르댕을, 쟌 피엘을, 맥 라이언을, 캐빈 클라인을 기억할까? 그들이 만들어 낸 세기의 유행과 봄바람 같은 패션들을 기억할까? 그 패션들을 걸치고 그들도 바람같이 거리를 질주할까? 오렌지족이 펄럭이고 오토바이를 탄 폭주족이 횡행할까?

 그때도 쏘나타, 프린스가 자동차 이름으로 남을까? 삼성, 엘지, 에스케이가 한국의 대표 기업으로 군림할까? 연봉 36억 짜리 삼십대 사장이 벤처 기업을 일으켰다는 사실이 신문의 사회면을 누빌까?

 ― 책을 백권 읽는 나라가 책을 열권 읽는 나라를 지배한다―는 광고 문구가 사람들의 눈을 끌어당길까? 그때도 사람들은 그런 말을 믿으며 책을 사러 책방을 서성거리고 도서관을 배회할까? 「마요네즈」가 음식 이름인지 영화 이름인지를 구별못해 고개를 갸웃거릴까?

 아무도 그런 일들에는 관심이 없고 그런 일들을 기억하는 사람이 없다면 우리는 오늘 어찌할 것인가? 만약 그렇다면 오늘 우리는 우리의 사색을 팽개칠 것인가? 우리가 걷던 길을 버리고 돌아설 것인가? 우리가 쓰던 글, 우리가 사랑하던 음반들을 던져버릴 것인가? 쓰던 글들을 찢어버릴 것인가?

비록 그렇다 해도, 인생은 영원하고 사랑도 그렇다,고 노래한 시인의 시를 외우며 가던 길을 갈 것인가? 오늘 우리가 하는 일들을 설령 아무도 기억하는 사람이 없다고 해도 우리는 우리가 살았고 살고 있다는 표정을 바람 앞에라도 새기기 위해 땀 흘리고 뛰어갈 것인가?

누가 우리의 삶을 뜨거웠다고 혹은 얼음 같이 차가웠다고 말할 것인가? 누가 우리의 삶을 풀잎처럼 신선했다고, 노을처럼 아름다웠다고 말할 것인가?

아무도 말해 주는 사람 없고 아무도 기억조차 하는 사람 없어도 우리는 오늘, 돌밭을 걷고 산길을 오르면서 우리의 기쁨과 우리의 슬픔을 아로새길 것이다. 시지프스의 바위처럼, 아니, 쓸쓸하나 아름다운 다음 글처럼,

백혈병을 앓는 한 소년이 있었다. 그는 열다섯살 밖에 살 수가 없다. 소년은 죽기 전에 꼭 해보고 싶은 일이 두 가지가 있다. 하나는 자전거를 타 보는 일이고 다른 하나는 여자를 사랑해 보는 일이다. 그는 남은 세 해 동안 그 일을 해 보면 더 이상의 회한은 없다고 생각한다. 그는 이웃 집 아이가 세워놓은 길 가의 자전거를 타 본다. 자전거는 처음에는 잘 굴러가지 않았지만 몇 번을 넘어지는 동안, 페달을 밟는 일에 익숙해져 결국 자전거를 타고 행길을 돌 수 있게 된다. 그러나 한 여자를 사랑하는 일은 좀체로 이루어지지 않는다. 소년은 패랭이꽃이 핀 강둑을 걷다가 한 소녀를 만난다. 소녀는 자전거를 세워놓고 패랭이꽃을 꺾는 소년을 보고 한 눈에 반한다.

소년은 패랭이꽃이 핀 강둑을 걷다가 한 소녀를 만난다.

소녀는 자전거를 세워놓고 패랭이꽃을 꺾는 소년을 보고 한 눈에 반한다.

패랭이꽃을 꺾다가 소년은 물에 빠진다.

물에 빠진 소년을 소녀가 건져 준다.

산그늘이 내려덮이는 강둑에서 소년은 소녀와 입을 맞춘다.

패랭이꽃을 꺾다가 소년은 물에 빠진다. 물에 빠진 소년을 소녀가 건져 준다. 산그늘이 내려덮이는 강둑에서 소년은 소녀와 입을 맞춘다. 두 가지 소원을 모두 푼 소년은 이튿날 빨간 색으로 표지를 한 작은 시집이 책상 위에 얹혀 있는 조그만 골방에서 아무도 모르는 새 숨을 거둔다.

누가 이러한 환상적이고 비현실적인 글을 문학작품으로 읽어줄 것인가?

그러나 백년 후에도 시인은 있고 시를 읽는 독자는 있을 것이다. 길 위에서 사랑하고 길 위에서 이별하는 사람은 있을 것이다. 그런 사람들을 위해 시는 쓰여질 것이고 아름답고 슬픈 소설은 쓰여질 것이다. 그렇다는 사실을 우리, 부인하지 말자. 그리고 그런 사실들이 지금 우리의 주위에서도 무수히 일어나고 있음을 부인하지 말자.

풀잎들의 속삭임

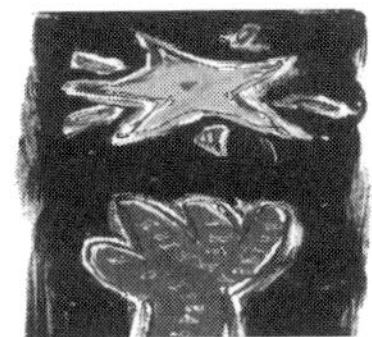

안타깝게 반짝이는 별빛 같은 것,
잡으려 해도 잡히지 않는 무지개 같은 것

글을 알기 시작하면서부터 현승은 이런 종류의 글 읽기를 좋아했다.

명자나무; 경상도와 황해도 부근에서 재배하는 키 작은 낙엽 나무, 잎은 둥글고 길며 꽃이 잎보다 먼저 피고 꽃자루는 짧다. 4월에 흰 색 또는 붉은 색으로 핀다.

애기나리; 우리나라 중부 이남의 산이나 숲 속에 나는 여러해 살이 풀로 키는 14센티에서 40센티 정도의 애기 풀꽃, 땅 속 줄기는 옆으로 벋고 땅 위 줄기는 곧게 서있다. 4, 5월경이면 줄기 끝에 한두 송이씩 흰 색 꽃을 피운다.

구슬봉이; 우리나라 전국의 어디에나 자라는 2년생 식물로 키는 4센티에서 8센티 정도의 구슬풀꽃, 가지는 많이 갈라져 있고 잎은 크다. 5월에서 8월 사이에 연한 보라색 꽃을 피운다.

　이런 글들은 주로 달력이나 잡지의 부록 같은 데서 볼 수 있었는데 현승이 이런 종류의 글 읽기를 좋아한 것은 거기에 있는 꽃이나 풀들이 대개는 현승이 걸어다니는 길가 혹은 숲길에 흔하게 피어 있는 풀꽃들의 이름이었기 때문이다.

　이런 풀꽃들은 현승이 걷는 산이나 들길에 지천으로 피어 있었기 때문에 현승은 그런 풀꽃들의 이름을 마음 주어 불러보는 일 없이 지나치곤 했지만 우연히라도 잡지의 부록 같은 데서 그것을 보게되면 그것은 길가에서 보았던 풀꽃과는 다른 모습으로 현승에게 다가왔다.

　달력은 대체로 한 해에 한 번씩 벽에서 떨어지고 새로운 것으로 갈아 달리는데 그것이 갈아 달리는 데는 정확히 한 해의 시간이 걸렸다.

　한 해의 시간이 가기 전에는 그것에 먼지가 끼거나 귀퉁이가 찢어지거나 날자를 가리키는 숫자 위에 동그라미가 덕지덕지 쳐져도 아무도 그것을 갈아 달려고 생각하지 않았다. 그러기에 개나리나 진달래 같은 봄꽃들이 가을이 되어도 그대로 손때가 묻은 채 달력에 남아있는 때도 있었다.

　현승은 애기나리를 좋아했다. 가시나무 그늘에 숨어 있는 희고 여린 애기나리의 모습은 마치 젖을 먹고 잠을 청하는 아기의 모습 같아서였다. 여섯 개의 꽃잎 사이로 수줍게 드러난 암술과 수술의 노란 꽃가루는 바람만 불면 날아갈 채비를 하고 있었지만 현승은 그 꽃가루가 바람에 날려가지 않기를 바라는 마음으로 더러는 호박잎이나 연잎을 뜯어다가 조심스럽게 그 둘레를 감싸주기도 했다.

　누군들 어린 시절로 돌아가고 싶지 않은 사람이 있겠는가? 그렇다고 누구가 제 어린 시절로 다시 돌아갈 수가 있겠는가?

풀꽃들은 현승이 걷는 산이나 들길에

지천으로 피어 있었기 때문에

현승은 그런 풀꽃들의 이름을 마음 주어

불러보는 일 없이 지나치곤 했지만 우연히라도

잡지의 부록 같은 데서 그것을 보게되면

그것은 길가에서 보았던 풀꽃과는

다른 모습으로 현승에게 다가왔다.

그것은 영원히 사람들의 등 뒤에서 그립고 안타깝게 반짝이는 별빛 같은 것, 잡으려 해도 잡히지 않는 무지개 같은 것, 그리하여 그것은 하염없이 물 위에 띄워보낸 나뭇잎 배 같은 것, 물에 닿으면 곧 물에 젖어 흐느적거리는 종이배 같은 것.

현승은 그때 열 네 살이었다. 겨울에서 봄까지는 빳빳한 칼라가 목을 받치는 검정 교복을 입고 칼라 양쪽 컨에는 손톱 크기만한 학교 배지와 학년 배지를 달고 있었다. 4월 지나 5월이 되면 검정 교복을 벗고 곤색 바지와 소매가 짧은 흰 색 남방으로 갈아입는 교복이었지만 현승이 입고 있는 교복이 검정이거나 흰색이거나 간에 현승이 한 마리 토끼이거나 들길에 헤매는 한 마리 순한 염소에서 벗어나는 것은 아니었다.

면사무소 담 뒤로 코스모스가 피고 협동조합 창고의 함석 지붕에 붉은 놀이 떨어지는 늦은 여름날 오후, 친구들이 축구공을 발로 차며 사라진 자갈길을 홀로 걸으며 현승은 언제나 해지는 반대 켠으로 돌아오곤 했다.

소백산 자락의 산간 마을은 유난히 해가 짧았고 해가 떨어지면 곧 검은 밤이 찾아들기 때문에 해 있는 동안의 생활보다 검은 밤의 생활이 이 고장 사람들에게는 더 편안하고 익숙한 것이었다. 비만 오면 냇물이 불어나 돌다리가 떠내려가는 시골 길이었지만 비가 오지 않고 청량한 날에는 돌다리 아래로 졸졸졸 시냇물이 음악처럼 흐르는 길이었다.

현승은 한 학년 전부가 백명 남짓한 시골학교에 다니고 있었다. 전교생 모두를 합해도 삼백명에 불과한 조그만 산간 학교였다. 시골 학교가 다 그렇듯이 현승의 학교는 남녀가 함께 다니는 학교였다. 그런 학교를 그들은 남녀 공학이라 불렀다.

아침 이슬에 발을 적시며 학교엘 가고 저녁 놀에 머리를 물들이며 집으로 돌아오는 생활의 반복이었지만 현승은 그 때 막연하게 그리움 이라고 부를 수밖에 없는 야릇하고 미묘한 감정이 가슴 속에 새털구름 처럼 피어났다가 가뭇없이 스러지곤 하는 것을 보았다.

처음엔 그것은 너무도 막연한 것이어서 무어라 이름할 수가 없었다. 그것은 마치 봄산의 아지랑이 같이 잡으려 해도 잡히지 않는 감정이었 다. 누구에게 말 할 수도 없고 누구에게 하소연할 수도 없는 그 감정은 그러나 세월이 지난 후에는 새털구름이 아니라 뭉게구름이 되어 가슴 속에 피어오르는 것을 현승은 가끔 목도하기도 했다.

그런 데도 그것은 결코 불쾌하거나 가증스러운 감정은 아니었다.

학교 수업을 마치고 운동장에 널려 있는 돌을 차며 교문쪽으로 걸어 나오면 아직도 수업이 끝나지 않은 어느 교실에서 울려 나오는 풍금소 리와 합창 소리들이 귀바퀴에 날아와 앉았다. 합창 속에는 「바우 고개」 「봄처녀」 「가고파」 「메기의 추억」들이 섞여 있었지만 교실에서 울려오 는 합창 소리는 때로 메아리가 되어 현승의 귀에 이명으로 남기도 했 다.

그런 때이면 현승은 발자욱 소리를 세며 걷다가도 발길에 맴도는 합 창 소리에 귀를 기울였다. 그 소리는 높은 언덕에서 떨어져 내리는 차 가운 물방울 소리 같았고 연잎에 떨어지는 이슬비 소리 같았다. 거기엔 알지 못하는 한 여학생의 목소리가 있었다. 그 목소리는 유난히 높고 유난히 청아한 것이었다.

유리창을 새어 나오는 합창은, 멀어졌다 가까워졌다 하기에 그 노래 말을 분명하게 알아 들을 수는 없지만 그러나 그 노래를 부르는 여학생 의 빠알간 입술과 하이얀 이를 생각할 수는 있었고 오후의 조용한 교정

을 향해 날려보내는 그들의 아름다운 노래말과 아름다운 노래소리를
귀에 담을 수는 있었다.

현승은 그 아름다운 노래소리를 들으며, 저 아름다운 목소리의 주인
공은 얼마나 예쁘고 아름다울까를 상상했다. 노래 속에서 들리는 어렴
풋한 노랫말은 현승의 발목을 잡고 한참씩을 그 자리에 머물도록 했다.
그런 때이면 발 아래 밟히는 모래는 은가루가 되었고 발 끝에 스치는
풀잎들의 이야기는 정다운 친구가 되어 작은 이야기들을 오래오래 속
삭여 주었다.

목화밭 이야기

밭에는 목화가 피고 논에는 물감자꽃이 피는 계절이 되었다.

그때가 되면 고추 양파 마늘잎이 돋고 아욱 토란 정구지잎이 푸르게 돋았다. 논과 밭은 언제나 푸른 숨소리들로 가득찼다.

그 많은 풀잎들, 그 많은 나무들 가운데서도 현승은 유독 물감자꽃을 좋아했고 밭에 가면 눈 앞에 흐드러지게 피어 있는 하이얀 목화꽃을 좋아했다.

흰꽃을 단 감자는 알맹이 역시 흰 감자를 달고 있었다. 자주색 감자는 매운 맛이 나지만 흰 감자는 알맹이조차 하얗고 분이 많았다. 그러기에 현승은 외롭게 피어있는 자주색 감자보다 흐드러지게 어울려 피어 있는 흰 감자를 좋아했다.

현승이 목화꽃을 좋아한 데는 특별한 이유가 있었다. 목화는 꽃으로 보면 아름다운 꽃은 아니다. 그러나 목화꽃은 갓 사온 어린 토끼같이 앙징스럽고 귀여워 현승은 목화꽃을 유난히 좋아했다. 목화꽃은 복실 강아지같이 만지면 만질수록 손바닥을 감미롭게 스쳤고 그 보오얀 털은 마치 걸음마를 배우는 어린 조카의 손등 같이 보들보들하고 보송보송했다. 밭둑에 설 때마다 등 뒤로 불어와 손 안에 한 줌씩 잡히는 풍윤한 동풍, 목화꽃은 그것을 연상케 했다.

목화가 익어서 솜꽃이 목화 열매의 껍질을 터뜨리고 모시수건 같은 흰 얼굴을 밖으로 드러낼 때가 되면 그것은 고이 빨아서 빨랫줄에 널어놓은 하이얀 손수건이 바람에 날아가는 모습을 연상시켰다.

그러나 현승이 목화꽃을 좋아하는 이유는 딴은 실용적인 데 있었다. 그것은 목화꽃이 유달리 따뜻한 꽃이라는 것이다. 현승은 남달리 섬약한 체질이었고 추위를 많이 타는 체질이었다. 현승은 겨울을 싫어했고 봄을 좋아했다. 그랬기에 목화꽃을 바라보고 있노라면 현승은 어느덧 몸이 따뜻해져 오는 것을 느꼈다.

목화밭은 목너머 마을 뒤에 있었는데 현승이 그 목화밭을 가는 때는 대개 해가 질 무렵으로 아직도 밭에 가서 돌아오지 않는 어머니를 마중 가는 때였다.

산그늘이 목화밭을 덮고 밭고랑에 던져둔 어머니의 호미 자루가 해 어름에 잘 보이지 않는 저녁 무렵, 갓 터져 나온 목화꽃의 새하얀 솜꽃을 바라보는 일이란 현승에게 있어서는 하루 중 가장 즐겁고 기쁜 시간이 되었다. 그 기쁨으로 밭고랑을 이리저리 뛰어다니다 보면 어머니 마중 간 현승이 오히려 어머니의 부름을 받고서야 밭고랑에서 불려 나오는 꼴이 되기가 일쑤였다.

그런 때의 저녁답에는 틀림없이 도라지꽃이 산 기슭에 피고 뚜깔잎 속에 파묻힌 산 속에서 늦은 비둘기가 꾸국꾸국 울었다.

목화는 더디게 피는 꽃이지만 기다리다 보면 언젠가는 여기저기서 수없이 많은 꽃을 회한(悔恨)처럼 터뜨려 놓는다. 어쩌면 목화꽃은 하이얀 블라우스를 입은 가슴 예쁜 소녀 같기도 하고 또 어쩌면 소복한 여인 같이 한이 있는 꽃으로 보이기도 한다.

목화는 다른 꽃들과 어울려 피지 않는다. 그것은 언제나 저물녘에 들 가운데서 저희들끼리만 한 두송이씩 핀다. 왜 목화가 피지 않느냐고 투정부리다 보면 언제 피었는지도 모르게 한꺼번에 여기저기서 넘실대며 핀다. 그 넘실대는 모습만으로도 그 곁에 앉고 싶을 때가 있고 때로는 샛바람을 물리치고 그 그늘 속에 눕고 싶은 때가 있다.

목화밭에 대한 추억이라면 현승은 그런 따뜻하고 애틋한 기억을 갖는다. 그러나 슬프게도 현승은 목화밭에 대한 다음과 같은 추억도 갖고 있다.

그것은 아프고도 아름다운 추억―, 목화밭에서 어머니의 심한 꾸중을 들은 추억이다.

가을 어스름이 산을 덮는 해 질 무렵의 목너머 밭에서였다. 어머니는 일찍 핀 목화꽃을 따 광주리에 담느라 여념이 없었다. 어둠이 찾아들수록 어머니의 손길은 바빠지지만 현승은 어머니의 바빠진 손길에 아랑곳 없이 이제 막 피어난 목화꽃을 손으로 만지며 그 보드라운 감촉을 즐기거나 아직 피지도 못하고 봉지만 달린 목화를 따서 그 단물을 빨아먹기도 했다. 그러고 있는 현승의 눈에 저쪽 산, 솔밭 기슭에서 쏜살같이 까토리 한 마리가 발 밑으로 미끄러져 들어오는 것이 보였다.

까토리는 회색 날개를 접고 작은 몸피를 웅크리고는 목화 송이를 만지고 있는 현승의 발 밑으로 느닷없이 날아든 것이다. 현승은 깜짝 놀라 까토리가 날아온 하늘을 쳐다 보았다. 어두워지기 시작하는 하늘에는 높은 구름이 점점이 떠 있었고 서쪽으로는 놀이 붉게 물들고 있었다. 하늘에는 두 날개를 활짝 편 솔매 한 마리가 떠 있었다. 그 날개는 가히 하늘을 제압할 만한 것이었다. 솔매는 날카로운 두 발톱으로 나꾸어 채려다 놓쳐버린 까토리의 행적을 찾으며 유유히 하늘에 떠 있었고 그 기상은 목화를 따고 있는 사람 조차도 어린 아이로 볼만한 기세였다. 까토리는 솔매의 추격을 피해 급하게 사람이 있는 목화밭 고랑으로 날아든 것이다.

현승은 그 까토리를 손으로 움켜, 집에 가지고 와서 기르고 싶은 충동이 일었다. 그래서 발 아래 있는 까토리를 움켜쥐려고 몸을 낮춰 이랑 사이로 파고들었다. 그러나 일은 쉽지 않았다. 솔매를 피해 날아든 까토리는 이제는 사람을 피해야 하는 운명이 되었다. 까토리는 필사적으로 도망쳤다. 비록 현승이 저를 해치려고 하는 것은 아니지만 까토리로서는 사람 역시 피해야만 할 적임에는 솔매와 조금도 다를 바가 없었다.

그때부터 현승과 까토리의 쫓고 쫓기는 싸움이 시작되었다. 아무리 손으로 그 놈의 날개 죽지를 움켜쥐려 해도 그 놈은 교묘히 현승의 손을 피해 목화 대궁이 사이를 요리조리 빠져 달아났다. 까토리는 솔매가 무서워 하늘로 날아오르지는 않았지만 땅을 기는 데는 신출귀몰한 재주를 가지고 있었다.

그러는 동안 벌써 날은 어두워지고 어둠 속에서 벌어지는 쫓고 쫓기는 싸움은 이미 목화밭 한 귀퉁이를 완전히 쑥밭으로 만들어 놓고 있었다.

목화꽃을 따느라 허리 조차 펼 새가 없으셨던 어머니가 잠깐 동안 몸을 일으켜 밭 언저리를 보니, 이게 웬 일인가? 사태는 무인지경이 되어 있는 것이 아닌가.

「현승아, 현승아」

어머니의 부르는 소리에는 이미 노기가 섞여 있었다.

「현승아아아」

다시 부르는 어머니의 목소리를 현승은 그제서야 들었지만 그땐 이미 목화밭은 수라장이 된 후였다. 현승은 어머니에게 사건의 전말을 이야기할 경황조차 갖지 못하고 고스란히 어머니의 불호령을 받아야 했다. 그러는 동안 까토리는 어디론가 제 갈길을 찾아 가버렸고 날은 완전히 어둠 속에 잠겼다.

여느 때라면 그리도 구성지고 슬프게 울어쌓던 비둘기 소리도 그 날은 귀에 들어오지 않았다. 현승은 어머니의 명령대로 쓰러진 목화 대궁이를 하나하나 세워놓고 밤이 이슥해서야 집으로 돌아왔다.

그것은 그 때는 아픈 추억, 지금은 아름답고 그리운 추억으로 귓가를 맴돌고 있다.

그리하여 현승은 뒷날 이런 시를 쓰기도 했다.

나는 나뭇잎 지는 가을밤을 사랑한다

지금은 내 곁에 없는 것들

창호지 문틈을 뚫고 들어오는
가을밤의 물소리를 나는 사랑하고
봉창을 타고 들어오는 도둑 고양이 같은
달빛을 나는 사랑한다
사랑한다는 말에는 때로 슬픔이 묻어 있지만
슬픔은 나를 추억의 정거장으로 데리고 가는 힘이 있다

울음 같은 목화송이를 바라보며

저것이 세상에서 제일 따뜻한 것임을 생각하고

저것이 세상에서 가장 보드랍고 이쁜 것임을 생각하고

토끼보다 더 사랑스러운 그 야들야들한 목화송이를 만지며 만지며

내가 까아만 어둠 속으로 잠기어 가던

가을 저녁을 사랑한다

가을 저녁의 눈 시리게 돋는 텃밭의 무청을 나는 사랑하고
누구의 간절한 소원을 매달았을
대추나무 잔 가지의 흰 나비같은
소지(燒紙)종이를 나는 사랑한다

나는 가을 밤 어스름의 목화밭을 사랑한다
목화밭에 가서 참다참다 끝내 참을 수 없어 터뜨린
울음 같은 목화송이를 바라보며
저것이 세상에서 제일 따뜻한 것임을 생각하고
저것이 세상에서 가장 보드랍고 이쁜 것임을 생각하고
토끼보다 더 사랑스러운 그 야들야들한 목화송이를 만지며 만지며
내가 까아만 어둠 속으로 잠기어 가던
가을 저녁을 사랑한다
그땐 머리 위에 일찍 뜬 개밥바라기별이 돋고
먼 산 오리나무 숲에서는 비둘기가 구구구 울었다.

목화밭의 추억―,
지금도 어느 산간 마을에는 일찍 뜬 개밥바라기별이 산마루에 돋고
산너머 텃밭에는 손수건 같은 목화 송이가 하이얗게 저녁 어스름을 밝
히고 있을까
먼 산 오리나무 숲에서는 비둘기가 울고 비둘기 울음 너머 부엉이
소리가 적막을 깨고 있을까
부엉이 울음은 흐르는 물소리를 더 흘러가지 못하게 잡아 당기고 있
을까
그 물소리 끝에 취한 듯 도라지꽃이 파랗게 멍들어 피고 있을까
이 여리고 애잔한, 실낱 같은 추억 속에서

어머니의 초상

어머니의 얼굴이 아니겠는가

　　어머니는 농부의 아내였다. 지용의 노래처럼 어머니는 사철 발벗은 농군의 아내였다. 손톱을 한 번도 깎아보지 않은, 일생을 흙을 파고 돌을 만져 손톱이 길어날 여가가 없었던 어진 초부(樵夫)의 아내였다. 날이 새면 들에 나가 고추밭에 씨를 뿌리고 상추밭에 북을 주는 가난한 농사꾼의 아내였기에 손은 거칠대로 거칠고 얼굴은 햇볕에 타고 그을려 마른 가랑잎처럼 바스락거렸다. 그러나 그런 일생을 탄식 한다거나 저주해 본 일이 없는 순박한 시골 아낙이었다.

　　특별한 날 아니면 머리를 빗거나 발을 씻고 버선을 신는 일도 어머니에게는 없었다. 늘 일손에 쫓기고 호미질에 바쁜 어머니는 빗지 않아 부스스한 머리카락을 손가락으로 쓸어 올리고 검정 고무신을 신은 발은 항상 흙투성이 맨발이었다. 어머니의 얼굴에서 그래도 가장 반듯하고 하이얗게 빛나는 곳이 한 군데 있었다. 그것은 이마 위 머리카락 사이로 난 가르마였다. 가르마는 바람이 불어도 그늘지지 않았고 머리카락을 쓸어넘겨도 지워지지 않았다.

어머니는 아침에 일어나기 바쁘게 뒷머리에 쪽진 비녀를 뽑아 입에 물고 잠자리에서 헝크러진 머리채를 손가락으로 쓸어 내린 뒤 뽑은 비녀를 다시 제 자리에 꽂았다. 비녀를 꽂기 위해 거울을 보는 일은 어머니에겐 없었다. 두 손을 머리 뒤로 가져가 비녀를 뽑았다가 다시 꽂는 일은 거의 습관적이어서 어머니는 거울 없이도 정확하게 비녀를 뽑았다가 제 자리에 다시 꽂았다. 어머니의 손이 쪽진 뒷머리로 가서 비녀를 뽑고 다시 꽂는 일은 어머니로서는 빼놓을 수 없는 일과 중의 하나요 하루를 시작하는 신호이기도 했다.

어머니의 하루 일과 중 가장 먼저 시작되는 일은 마을 위 노송나무 아래 있는 우물에 가서 물을 길어오는 일이었다. 마을 사람들이 함께 쓰는 공동우물에는 동이 틀 무렵부터 마을의 아낙들이 몰려나와 상추를 씻고 열무를 다듬으며 콩나물의 발을 따고 보리쌀을 씻는다. 거기서 마을 아낙들은 뉘 집 막내 딸 시집 갈 날 받은 소식, 뉘 집 둘째 아들 혼수(婚需) 보낸 이야기를 듣는다. 아낙들은 손으로는 쉴 새없이 상춧단을 씻으면서 입으로는 시어머니 부엌 나들이로부터 시누이 시샘 이야기까지 주고받는다. 시름 많은 아낙일수록 우물가에 머무는 시간이 길어지지만 그렇다고 아침 시간이 마냥 남아도는 것도 아니어서 일이 먼저 끝난 아낙이 상추 광주리를 옆구리에 끼고 일어나면 또 다른 아낙이 그 자리를 채운다.

아침의 우물 가는 그리하여 그날의 제일 먼저 달려온 햇빛이 버드나무 잎새에 내린 이슬을 앗아갈때부터 아낙들의 이야기가 끊이지 않는다.

　어머니는 그런 마을 아낙들 가운데 한 사람이었다. 어머니는 그런 아낙들 속에서 그들과 함께 배추를 씻고 정구지 다발을 헹구어 그것을 대바구니에 담아 집으로 돌아온다. 집으로 돌아오는 어머니의 머리에는 예외없이 옹기로 만든 물동이가 얹힌다.
　머리 위에는 짚이나 헝겁으로 튼 똬리가 얹히고 똬리 위에 물동이가 올라간다. 똬리 위에 물동이를 얹고 양 손에 채소 바구니를 낀 어머니는 물동이의 손잡이를 쥐지 않고도 물동이를 집에까지 이고 온다. 머리 위에 얹힌 물동이는 걸음을 떼어놓을 때마다 물이 출렁거리지만 어머니는 한 번도 물동이의 물을 쏟거나 물동이를 땅으로 떨어뜨린 일이 없다. 그것은 아무리 보아도 신기에 가깝다. 그러나 그것은 요행이 아니라 예닐곱 살, 수박동이 시절부터 익혀온 물동이 이는 훈련에 의한 것이다. 그러므로 어머니로서는 물동이를 이고 대문의 문턱을 넘거나 쫄랑쫄랑 발 뒤꿈치를 따라오는 강아지를 부르는 일 쯤은 어려운 일이 아니다.

　어머니는 하루 종일 텃밭에 나가 김을 매고 북을 주느라 허리를 펼 새가 없다. 그것은 거의 하루도 빠짐없이 되풀이 되는 일이었고 그러기에 어머니의 얼굴은 햇볕에 거을려 숯검댕이가 될 수밖에 없다.
　현승은 한 번도 어머니를 아름답다거나 예쁘다고 생각해 본 일이 없다. 아니, 어머니는 애시당초 아름답거나 예뻐 보일 새가 없었다. 흙과 더불어 사는 어머니에게서 어찌 그럴만한 여유가 있었겠는가. 어머니는 마치 그렇게, 흙에 묻혀 사는 일을 숙명인 양 생각했고 그것이 자신에게는 노역이 아니라 생의 동반, 살아가는 즐거움이라고 생각했다.

아침의 우물 가는

그리하여 그날의

제일 먼저 달려온 햇빛이

버드나무 잎새에 내린

이슬을 앗아갈때부터

아낙들의 이야기가 끊이지 않는다.

그러나, 현승은 꼭 한 번, 어머니가 아름답다는 생각을 해 본 일이
있다. 그 날은 틀림없이 어머니가 아름다웠고 예뻤다. 현승은 그런 어
머니의 아름다움을 보고 그 얼굴이 정말 어머니의 얼굴인가 하고 스스
로의 눈을 의심하기까지 했다.

외할머니 환갑잔치에 가는 날이었다. 어머니는 그날 아침은 다른 날
보다 일찍 일어났다. 여느날이라면 손을 머리 뒤로 돌려 비녀를 뽑아
입에 물고 손가락 빗으로 머리를 만져 다시 비녀를 그 자리에 꽂으면
될 것을, 그날 아침은 조선솥에 물을 데워 오래오래 머리를 감았다. 언
제 장만해 두었던지 데운 물에 창포잎 삶은 물을 섞는 것도 잊지 않았
다. 그 물에 어머니는 머리채를 감고 다시 헹구었다. 낭자머리를 푼 어
머니의 그 긴 머리채가 함지박 대야에 첨벙 담길 때마다 머리채는 검은
윤으로 반짝였다.
　머리를 감고 헹군 어머니는 흰 수건으로 머리를 꼭꼭 눌러 물기를
닦은 다음 방으로 들어와 반닫이 문을 열고 그 안에서 경대와 분갑을
꺼내 무릎 앞에 놓았다. 무릎 앞에는 시집 와서 몇 번 쓰지도 않은 손바
닥 거울이 놓였다. 그리고는 긴 머리채를 가슴께로 돌려 그 끝을 손으
로 잡고 얼레빗으로 빗고 참빗으로 다시 빗었다. 참빗의 촘촘한 날이
머리채를 빗어내릴 때마다 머릿결은 비단결 같이 미끄럽고 아주까리
기름처럼 반들거렸다. 머리를 다 빗고 낭자머리에 비녀를 지른 다음 어
머니는 거울을 들여다 보며 백분을 바르고 입술연지를 발랐다.

흰 두루마기를 입은 아버지를 따라 외갓집으로 나서는 어머니의 얼
굴엔 소녀같은 홍조가 피어 올랐다. 그 얼굴은 고추밭에 북을 주고 감
자밭에 김을 매던 어머니의 얼굴이 아니었다. 푸른 코고무신을 신고 남

40

색 치마와 호장 저고리를 받쳐 입은 그때의 어머니는 아직 한 번도 본 적 없는, 아름답고 예쁜 얼굴이었다. 반듯하게 여민 동정, 남고 쳐짐이 없는 끝동과 곁마기의 안정된 단아, 알맞게 포개진 깃의 정결함, 연노랑 저고리와 자주색 고름의 섬섬한 눈부심―, 그것은 일찍이 현승으로서는 상상해 볼 수도 없었던 젊고 예쁜 어머니의 모습이었다.

현승은 책보를 허리에 동여매고 학교길을 나서며 어머니의 아름다운 모습을 넋이 나간 아이처럼 보고 또 보았다. 학교에 다녀오겠습니다,는 인사도 나오지 않아 현승은 그저 어머니의 뒷켠에서 어머니의 휘날리는 치마자락만 바라보았다.

아, 아름다운 어머니의 얼굴, 그 얼굴은 이 세상에서 가장 아름답고 예쁜 얼굴이었다. 그 얼굴은 아지랑이가 피어 오르고 함초름 이슬에 젖은 접시꽃 같은 얼굴이었다. 그 얼굴엔 노래가 일고 솜구름이 피어나는 향기로운 얼굴이었다.

어머니의 얼굴―,

땅을 파고 흙을 매던 어머니의 얼굴, 김을 매고 북을 주던 어머니의 얼굴, 땀으로 얼룩진 어머니의 얼굴에서 아침 햇살 같고 솜구름 같고 무지개 같은 어머니의 얼굴을 현승은 그때 처음 보았다.

누가 어머니의 얼굴에서 아름다움을 보았겠는가? 그러나 누가 어머니의 얼굴에서 선녀같이 착하고 아침놀같이 아름다운 얼굴을 보지 못했겠는가.

자신에게는 여자가 아니기 때문에, 자신에게는 다만 어머니이기 때문에 아무리 그가 아름다워도 아름답다고 느끼지 못하는 어머니의 모습, 그러나 한 여자이면서 한 어머니인 그의 모습에서 우러나오는 끝없

이 넓고 깊은 자비와 우아, 누가 그것을 떠나 그것과 절연하고 살겠으
며 누가 그것을 외면하고 살아가겠는가?

그러기에 이 세상에서 가장 아름답고 가장 어여쁜 얼굴은 어머니의
얼굴이 아니겠는가. 이 세상에서 가장 미덥고 가장 따뜻한 얼굴, 우리
가 영원히 거기에 안겨 웃을 수 있고 울 수 있는 얼굴은 백년이 가도 변
치 않는 어머니의 마음, 그 마음의 거울인 어머니의 얼굴이 아니겠는
가.

이슬처럼

하교(下校)길에 들었던 합창 속의 한 여학생의 목소리는 한 번 들어온 뒤에는 현승의 귀를 떠나지 않았다. 이상하게도 여러 사람의 합창 속에서 현승은 얼굴도 이름도 모르는 한 여학생의 목소리를 듣고 있었다.

그녀는 하얀 교복 윗저고리를 입고 까만 머리와 눈동자를 지닌, 얼굴이 새하얀 소녀일 거라고, 자신의 상상은 거의 틀림없을 거라고 현승은 생각했다.

그러나 현승은 그녀를 쉬이 만날 수 있을 거라고는 생각지 않았다. 그렇다고 현승 스스로가 그녀를 만나려고 그 반 교실이나 복도를 서성거리지도 않았다.

친구 영복이를 만나려고 그 반 복도를 지나 다음 교실로 갈 때에도 현승은 그 반 복도를 지나가지 못하고 운동장을 거쳐, 화단을 지나 우회로를 통해 영복이네 교실로 가곤했다. 합창 소리가 들려오던 그 교실의 복도를 지나가려고만 하면 공연히 가슴이 두근거리고 몸이 간지러워 견딜수가 없었다.

사춘의 한 해 여름이 가고 학교 뒷밭에 배추가 통통한 알을 배고 뿌리에 살이 오른 하얀 무가 부끄러운 허벅지를 햇볕 아래 드러내는 가을이 왔다.

교문을 들어서면 언제나 현승의 귀에는 그때의 합창 소리가 메아리처럼 들려왔고 교문을 나설 때는 그 합창 소리 속에서 들었던 한 여학생의 높은 목소리가 하학 종소리처럼 하얗게 발길에 부서지는 것을 보았다.

분지의 가을은 유난히 짧았다.

길 가의 들국화가 피었는가 싶지도 않게 벌써 새하얀 잎을 떨군 채 까아만 부스럼 같은 쭉정이를 달고 힘없이 서 있고 논들이 그것을 안고 서 있기가 힘겨워 둑이라도 터질 듯하던, 들판을 가득 채웠던 벼들이 어느새 다 쓰러져 집집의 짚동 속으로 가버린 계절이 되었다.

내를 건너려 물살에 발을 담그면 발가락이 새록새록 아려오는 늦은 가을,

현승은 그날도 학교를 마치고 반 친구들이 축구공을 몰고 자갈돌을 차며 사라진 길을 느지막히 혼자서 걷고 있었다. 교문을 나와서 면사무소 뒤 협동조합 창고의 함석지붕 위에 반짝이며 내리는 하오의 햇살을 바라보며 아무 생각없이 집으로 돌아가는 길을 현승은 혼자서 걷고 있었다.

길 가의 들국화가 피었는가 싶지도 않게

벌써 새하얀 잎을 떨군 채

까아만 부스럼 같은 쭉정이를 달고 힘없이 서 있고

논들이 그것을 안고 서 있기가 힘겨워 둑이라도 터질 듯하던,

들판을 가득 채웠던 벼들이 어느새 다 쓰러져

집집의 짚동 속으로 가버린 계절이 되었다.

자갈길 양쪽으로는 뽑아간 지 며칠 안된 듯한 비인 배추밭이 텅빈 채 누워있고 미처 거두지 못한 콩이삭이 드문드문 밭고랑을 메우고 있는, 마을길 치고는 한적한 길이었다.

현승은 새로 산 운동화를 신고 돌부리를 차지 않으려고 조심스럽게 자갈길을 걷고 있었다.

그 때 현승의 발 앞, 저만치에 손수건 한 장이 떨어져 있는 것이 눈에 들어왔다. 처음엔 무심히 지나치려 했는데 그 손수건이 놓여있는 곳이 바로 현승의 발길 앞이었고 또한 그 손수건은 실수로 떨어뜨린 것이라고 보기에는 너무도 정결하여 눈길이 저절로 거기에 머물도록 그것은 놓여 있었다.

네모 지게 접은 손수건은 틀림없이 정성을 들여 접은 것이고 그것을 그 길 위에 떨어뜨린 것도 무심히 보아 넘기기에는 너무도 정확한 자리에 그것은 놓여 있었다. 돌과 돌 사이에 놓여 있는 그것은 설령 작은 바람이 불어도 날아가지 않을 것 같았다.

그냥 지나칠까 하다가 현승은 한 번 더 그 손수건을 내려다 보았다.

그런데 그것을 내려다 보는 순간 현승의 머리에는 전율 같은 것이 획하고 지나갔다. 운동화 끝으로 건드려 볼까 하던 마음을 고쳐 현승은 그 손수건을 한 번 집어보고 싶은 충동을 느꼈다. 왠지 모르게 그 손수건은 누군가가 자신에게 주려고 그 자리에 떨어뜨려 놓은 것 같은 느낌이 들었다. 그만큼 그것은 정성들여 개켜져 있었고 또한 그 손수건은 한 번도 쓰지 않은 새 손수건이었다.

현승은 두렵고 신기한 마음으로 허리를 굽혀 그것을 주워들었다. 그런데 그 손수건은 부드럽다기 보다 빳빳한 느낌으로 손 안에 들어왔다. 그 안에는 아무래도 다른 물건이 들어 있는 것 같았다. 그때부터 현승의 가슴은 방망이질 하기 시작했다.

그것은 마치 자신이 해서는 안될, 잘못을 저지른 때의 그것과 같았
다.

그러나 손 안에 놓여져 있는 빳빳한 그것이 무엇인지를 알고자 하는
마음이 현승을 괴롭혀 현승은 그것을 펴보지 않을 수 없었다. 떨리는
마음으로 현승은 그 손수건을 풀었다.

그 안에는 조그맣고 하얀 편지 봉투 하나가 반으로 접혀진 채 들어
있었다. 현승은 그만 신들린 사람처럼, 어떤 예감에 사로잡혀 그 편지
봉투를 뜯고 말았다. 그리고는 그 편지에 쓰인 내용을 무턱대고 읽어내
려 갔다.

그 편지가 자신에게 주는 것이리라는 생각에서 조금의 의심도 없이
현승은 단숨에 그 글을 읽었다. 설령 그것이 자신에게 온 편지가 아니
라고 하더라도 그는 그 때 그것을 자신의 것으로 생각할 수밖에 없었
다. 그 편지 앞에서 이미 현승은 자신을 제어할 힘을 잃고 있었다.

풀꽃 일기

누구든 자신의 생애를 소재로 해서 글을 쓰는 일을 그다지 좋아하지
는 않는다. 더군다나 자신만이 간직하고 있을 일기 같은 글이라면 자신
의 알몸과 알마음을 다 드러낸 글을 쓸 수도 있겠지만 그 글이 남에게
보여지는 글이라면 그것이 마음에 즐거움만을 가져다 준다고 생각하는
사람은 없다.

그러면서도 사람들은 자신의 생애와 자신의 삶을 소재로 글을 쓴다.
좋아서가 아니라 스스로의 가장 아픈 기억, 벗어 던질래야 벗어 던질
수 없는 아픈 삶의 단면들이 스스로의 펜을 움켜잡고 놓지 않기 때문이
리라.

삶을 돌이켜 보면, 누구라도 즐겁고 기쁜 일 보다는 슬프고 아픈 일

들이 더 많다. 그러기에 그런 추억이 담긴 글에 스스로가 끌려 가게 된다. 그것은 저항력의 소진을 불러오는 일이다.

자신도 모르게 저질렀던 유년 시절의 실수

한 책상을 쓰게 된 소년 시절의 단짝 친구

우연히 만나게 된 아침 이슬 같은 사랑

기대하지 않았는데 선생님이나 웃 어른들로부터 들었던 칭찬과 격려, 남보다 더 잘한 것도 아닌 일에 받게 되었던 크고 작은 상(賞)들.

누구나 초롱꽃 같은 추억 하나는 다 가지고 산다.

이 세상 어떤 사람도 자기의 추억보다 더 귀하고 애틋한 것은 없다. 설령 그것이 남에게는 빈 술잔과 같이 허망하고 버린 휴지조각 같이 허무한 것일지라도 자신에게만은 무엇과도 바꿀 수 없는 존귀하고 소중한 것이 된다.

다른 사람이 들여다 보지 않는 일기장에다 빨간 숨소리로 일기를 쓰고 그날의 뜨거웠던 일들을 사진을 찍고 아무리 들여다 보아도 지나온 일들의 형해(形骸)일 뿐인 사진을 뽑아 사진첩에 끼워놓는다.

아름다울 것도 눈부실 것도 없는 그런 날들이, 신기할 것도 벅찰 것도 없는 그런 일들이 지내놓고 보면 그에게는 뿌듯하고 기쁜 일이 되기도 한다.

낮은 산이 엎드린 강안(江岸)을 혼자 거닐어 보라

버드나무는 말이 없고 불어가는 바람 소리만 귓전을 스친다고 생각해 보라

낱낱이 바람개비가 되어 흔들리는 버드나무 잎새는 지상의 그리움들에 숨가빠하는 연인들의 모습이라고 생각해 보라

그 맑고 밝은 하나의 얼굴들이 어쩌면 수없이 흔드는 깃발이라고 생각해 보라

수천의 잎새들이 하나도 같은 방향으로 흔들리는 것이 없을 때, 조금만 세찬 바람이 불어와도 그것들은 차갑고 신선한, 찰랑대는 소리를 질러대는 바람과 잎새들을, 그야말로 바람과 잎새의 마음으로 바라보라

저녁이 되어 찰랑대던 잎새들이 끝없는 설레임을 멈추고 고요하고 정밀한 잠을 청하는 아이의 모습이 됨을 상상해 보라

그랬을 때, 누군가 당신 곁에 와서 남은 햇살 같은 사랑 이야길 해준다고 생각해 보라

어디선가 졸졸흐르는 작은 물소리가 들린다고 생각해 보라

물소리는 처음에는 종잇장 서걱이는 소리를 내다가 차츰 유리잔 부딪치는 소리가 된다고 생각해 보라

그 소리가 차츰 멀어지다가 갑자기 당신의 귀바퀴를 울리며 가슴 속으로 파고 드는 동풍이 된다고 생각해 보라

하오의 햇살이 물소리에 씻기며 흘러간다고 생각해 보라

사랑은 가슴에서 샘 솟고 지혜는 머리에서 샘 솟는다는 말을 한 번쯤 부정해 보라

사랑도 가슴에서 샘 솟고 지혜도 가슴에서 샘 솟는다고 생각해 보라

가슴에서 샘솟는 사랑이 없으면 머리에서 샘솟는 지혜도 없다고 생각해 보라

설령 머리 속에서 샘솟는 지혜가 있다손 치더라도 그것은 비수같이 날카롭고 얼음같이 차기만 해서 우리에게 전해지기는 커녕 항상 우리

의 먼 곳, 너무도 지적이기만 한, 그래서 가까이 하기 힘든 책장 속에만 남아 있는 비정한 것이라고 생각해 보라

지혜가 어찌 뛰어난 과학자나 우주를 논하는 철학자만의 것이겠느냐고 반문해 보라

숲길이 끝난 데서 시작하는 들판, 수수 이삭 익어가는 밭둑에서 낫으로 풀을 베는 농부의 어진 눈매에 사랑이 있고 지혜가 있다고 생각해 보라

수소탄을 만들고 몇 십만 메가 디 램의 전자 칩을 만든 사람보다 한 알의 볍씨를 갈무리 하고 상추씨를 건사할 줄 알았던 오랜 조상들의 지혜가 더 밝고 큰 지혜라고 생각해 보라

한 사람을 사랑하고 사랑하면서 얻는 지혜 또한 큰 것이라고 생각해 보라

사랑은 지혜를 귀먹게 하고 예지를 눈 멀게 한다는 말을 부정할 마음의 준비를 해 보라

처음엔 돌 같고 나무 덩걸 같던 가슴에 사람에 대한 사랑이 댕기꽃처럼 피어날 때, 그것이 자신도 모르게 접시꽃이 되고 해바라기가 되어 온몸을 휘감을 때,

그 타오르는 불꽃이 남의 것이 아니고 자신의 것이 될 때, 그것이 지혜를 귀먹게 하고 예지를 눈 멀게 하는 것일 수 있겠느냐고 반문할 준비를 해 보라

한 사람, 그는 이 세상 어디에도 없었는데 언제부턴가 당신의 마음 속에 들어와 자리를 잡고 떠나지 않는 당신의 마음의 주인이 되었을 때.

하루의 햇살을 받은 돌들이 따뜻해 질 때,

그 돌들을 가슴에 안고 돌아오는 느낌으로

다시 풋순 같은 어린 사랑을 시작한다고 생각해 보라

　마침내 그 사람이 이 세상의 어느 점에서 당신과 함께 걸어가게 되었다고 생각할 때,

　그 사람의 입술이 열리고 그 사람의 입술 사이에서 홍보석같은 말소리가 새어 나올 때,

　그 말소리가 복음이 되고 그 말소리가 사랑이 됨을 알았을 때,

　그것을 지혜가 아니고 녹 슬고 때 끼인 흔해빠진 사랑일 뿐이라고 누가 말할 수 있겠느냐고 반문해 보라

　그리하여, 사랑은 꿈많던 시절의 소꿉장난 같은 것이라고 말해 버리는 것을 부정할 마음을 가져 보라

　사랑은 출세한 사람들이 오래 잊고 있던 고향집에 돌아와 바라보는 섬돌 같은 것이라고 말하는 것을 부정해 보라

　하루의 햇살을 받은 돌들이 따뜻해 질 때, 그 돌들을 가슴에 안고 돌아오는 느낌으로 다시 풋순 같은 어린 사랑을 시작한다고 생각해 보라

손수건에 싼 편지

저는 현승 오빠가
혼자 걷는 길 가의

한 송이 코스모스가
되고 싶어요

현승 오빠

무작정 이 편지를 보내는 것을 용서하세요. 현승 오빠가 화를 낼지도 모르면서 그러나 이렇게라도 제 마음을 전하지 않고는 견딜 수가 없었어요. 저는 오래전부터 하교길에 혼자 걷는 현승 오빠의 뒷모습을 바라보며 따뜻한 벗이 되고 싶었어요.

저는 이 편지를 한 달 동안이나 가방 속에 넣어가지고 다녔지만 전할 길이 없었어요.

남이 볼까 두렵기도 하고 오래 가지고 다니다가 편지가 상하기라도 할까봐 저는 얼마나 마음을 졸였는지 몰라요. 이럴까 저럴까 하다가 이 편지를 현승 오빠가 다니는 길 위에 두기로 했지요. 그러면 현승 오빠가 혼자 지나는 길에 이 편지를 주워보실 수 있을 테니까요.

처음 쓴 편지는 종이가 피어서 이 편지는 두 번째 썼어요.

저는 현승 오빠가 혼자 걷는 길 가의 한 송이 코스모스가 되고 싶어요. 현승 오빠가 우연히라도 길 가에 피어 있는 코스모스를 바라보거나 어쩌다 지나치면서 얼굴을 가져와 향기라도 맡는다면 그 코스모스는 얼마나 행복할까요? 아마 너무도 행복해서 눈물을 글썽일지도 모르지요.

현승 오빠,

이 편지를 받은 후엔 늘 현승 오빠 곁에 한 송이 코스모스가 피어있다고 생각해 주세요. 그 코스모스는 서리가 내려도 지지 않는 꽃이라고 생각해 주세요. 저는 언제나 현승 오빠가 다니는 길 가에서 코스모스의 향기를 담고 현승 오빠의 옷깃을 스치는 바람이 될래요.

부끄럽고 떨리는 마음으로 이 편지를 드리면서

저의 간절한 청을 거절하지 않을 것을 믿어요.

내내 안녕.

— 주금란 드림

편지를 읽고 나서 현승은 얼른 그 편지를 호주머니에 넣었다. 무언가 큰 일을 저지른 것 같은 느낌이 전신을 휩쓸고 지나갔다. 무엇을 어떻게 해야 할 지를 몰라 한참 동안 현승은 그 자리에 서 있기만 했다. 그 자리에 풀썩 주저앉고 싶은 마음이었지만 뒤켠에서 한 떼의 친구들이 몰려오고 있는 것이 보여 현승은 가까스로 가방을 움켜쥐고 걸음을 떼어놓았다. 서쪽 하늘에는 조금씩 뭉게구름 사이로 저녁 놀이 물들고 있었다.

현승은 빨리 자리를 피하고 싶었다.

그 자리에서 누군가를 만나면 꼭 자신이 남의 물건을 훔친 것 같이 얼굴이 홍당무가 될 것 같아서 견딜 수가 없었다. 현승은 가방을 움켜쥐고 재빨리 걷기 시작했다. 그때의 황급한 모습을 누군가 보기라도 했으면 무슨 일이 있느냐고 걱정스레 물었을 지도 모른다.

현승은 면사무소와 협동조합 창고를 지나, 가게들이 다닥다닥 붙어 있는 저자거리를 빠져나와, 시린 냇물이 제 혼자 소리를 내며 흘러가는 냇가 돌밭에 닿기까지 아무도 만난 사람이 없었다. 다행이었다.

냇물은 돌돌 소리내며 흘러가고 자갈돌은 하루 종일 따가운 햇살을 받고도 얼굴이 붉어지지 않아 하이얀 살결을 내놓고 있었다.

들고 있던 가방을 털썩 땅 위에 떨어뜨리고 운동화를 아무렇게나 벗어 던지고는 현승은 다시 편지를 꺼내 한 번 더 읽기 시작했다. 그것은 읽는다기 보다 음미하는 것이었고 그 때의 현승의 눈빛은 편지지를 뚫기라도 할 것 같았다.

편지에 불려진 자신의 이름이 자신의 이름 같이 생각되지 않았고 어느 영화에서 본 주인공의 이름처럼 생각되기만 했다. 현승은 편지에 쓰인 글자 한 자 한 자를 혀끝으로 맛을 보며 읽었다.

가끔 쏴아 하는 바람 소리와 물 소리가 귓가를 스치고 지나갔다.

그때 갑자기 현승의 귀에는 그날 들었던 고음의 합창 소리가 들려왔고 합창 가운데서도 유난히 높고 맑은 한 목소리가 악기소리처럼 들려왔다.

해지기 전에 도착해야 하는 집으로 현승은 다시 걷기 시작했다. 땅거미가 내리기 시작한 길을 혼자 걸으면서도 자신의 발걸음이 어디를 향하고 있는 지를 분간하지 못한 채 그냥 걷기만 했다.

주금란!

너무도 예쁜 이름에 가슴이 두근거려 현승은 그 이름을 입에 떠올리지도 못하고 불러보지도 못했다. 아직 만나 보지도 못했고 얼굴도 모르

는 사람의 이름이면서도 그 이름은 어느덧 현승의 오랜 친구, 오랜 애
인이 된 것 같았다.

냇물은 돌돌 소리내며 흘러가고

자갈돌은 하루 종일

따가운 햇살을 받고도

얼굴이 붉어지지 않아

하이안 살결을 내놓고 있었다.

혼자 걸으면 늘 발길에 채이던 명아주 잎새와 두렁콩 잎새들도 보이지 않았고 저녁때가 되면 유난히 잎새를 반짝이던 포플러 나무의 긴 그림자도 오늘은 보이지 않았다. 노랑나비의 부채춤 같은 한 이름이 모든 생각들을 다 밀어내 버린 것이다.

현승은 흙내 나는 방에 들어가 한 마리 작은 짐승처럼 도사리고 앉아 있기만 했다. 어둠이 차츰 벽을 지우고 있었다. 그렇게 밀려오는 어둠은 마치 멱을 감으러 냇물 속에 들어갔을 때 처음에는 물이 가슴께까지 차오르다가 다음에는 턱을 밀고 올라와 코와 눈과 머리카락을 삼키고 드디어는 온몸을 삼키는 물헤엄과 같은 것이었다.

현승은 하루가 저물어 세상이 완전히 어둠 속에 잠길 때까지 꼼짝도 하지 않고 그 자리에 고슴도치처럼 앉아 있었다.

돌담이 있는 풍경

한 해의 가을이 가고 겨울이 와도 아무 일도 일어나지 않았다. 현승은 매일 반복되는 학교 생활에 어떤 변화가 일어나 주기를 바랐지만 기다리는 변화는 일어나지를 않고 어느덧 성큼 다가온 겨울방학을 맞았다.

산촌에서의 겨울방학이란 짐승의 동면 같은 것이었다. 동쪽 산에서 떠서 서쪽 산에 놀을 걸어두고 져버리는 해를 서른 번쯤 손가락으로 헤면 겨울방학은 끝나는 것이었지만 그 서른 날과 서른 밤을 온전히 지탱할 힘이 현승에게는 없었다. 허전하고 아쉬운 마음으로 현승은 그날부터 매일 잎을 지운 백일홍 나무가 가지를 꼬고 서있는 산기슭을 지나 뒷산 소나무 아래 올라가 멀리 학교가 있는 북쪽 들판을 바라보며 구름 같은 공상에 젖어 있었다. 여느 때면 눈이 오는 날이 기다려지기도 했지만 그때부터는 눈이 싫었다. 눈이 오면 뒷산에 올라가지 못하기 때문이었다.

그 겨울 동안 마굿간의 암소가 새끼 한 마리를 낳은 것 외에는 아무런 일도 없이 서른 날이 지나갔다.

다시 3월이 오고 현승의 교복 칼라에는 3학년 배지가 붙었다. 친구들은 모두 키가 커진 것 같았고 목소리도 모두 어른이 된 것 같았다.

한 겨울이 가고 다시 한 해의 봄이 와도 작년과 꼭 같은 것은 운동장 가의 잘못 피어난 씀냉이 잎새와 자신 뿐인 것 같았다.

그날도 하루의 일과가 끝나고 하학 시간이 되었다. 마침 종소리가 댕댕댕 울리는 교정을 등에 지고 친구들이 축구공을 몰고 사라진 협동조합 뒷길을 현승은 혼자 걷고 있었다. 학교 마을 끝에 있는 누나의 집엘 가는 중이었다. 누나 집에 닿으려면 몇 개의 빨래터가 있는 작은 개울 물을 건너고 감나무와 대추나무가 많이 서있는 골목길을 걸어야 했다. 골목은 검은 돌담길이 구부러진 마을길이었다.

돌담은 언제나 무너질 듯하면서도 무너지지 않았다. 이끼가 끼고 청댓잎이 푸릇푸릇 돋아나면서도 돌담은 돌끼리 살을 맞대고 누백년을 지탱하고 서있었다. 이미 돌이 삭고 검은 버섯들이 여기저기 돋아나 있었지만 돌담은 삭아 무너져 내리지 않고 기묘한 형상으로 그 자리를 유지하고 있었다. 돌의 얼굴에는 사람의 얼굴에서부터 짐승의 얼굴, 새의 눈과 학의 꼬리, 구름과 바람의 모습이 서로 어우러져 있었다. 현승은 터무니 없는 그런 상상을 가끔 즐기곤 했다.

한 번은 가까운 고견사(古見寺)에 가서 절의 앞 벽면에 붙어 있는 이런 구절을 읽고 그 뜻이 무얼까를 생각하다가 결국 그 뜻에 닿지 못하고 내려 온 적이 있다.

60

돌담은 언제나 무너질 듯하면서도 무너지지 않았다.

이끼가 끼고 청댓잎이 푸릇푸릇 돋아나면서도

돌담은 돌끼리 살을 맞대고

누백년을 지탱하고 서있었다.

이미 돌이 삭고 검은 버섯들이

여기저기 돋아나 있었지만 돌담은

삭아 무너져 내리지 않고 기묘한 형상으로

그 자리를 유지하고 있었다.

흰 구름 무더기 속에 초막이 있어
앉고 눕고 거닐으니 스스로 한가하다
차가운 시냇물은 반야를 노래하고
맑은 바람 달과 어울려 온몸이 차다
　　　　　　　　　　　— 나옹화상

　흰 구름 무더기 속에 초막이 있다는 말이 무슨 말인지, 차가운 시냇
물은 반야를 노래한다는 말이 무슨 말인지를 현승은 알 수가 없었다.
생각하고 생각하다가 현승은, 흰 구름 무더기 속에 초막이 있다는 말은
흰 구름이 감도는 산 속에 누군가가 초막을 지어 놓았다는 말로 풀이를
했지만, 차가운 시냇물은 반야를 노래한다는 말은 아무리 궁리를 해보
아도 뜻이 통하지 않았다. 국어사전을 펴 보았다. 반야라는 말은 큰 지
혜라고 풀이 되어 있고 나옹화상은 고려 공민왕 때의 왕을 가르쳤던 중
이라 설명되어 있었다. 그래도 차가운 시냇물이 큰 지혜를 노래한다는
말은 터득할 수가 없었다. 그리하여 그 말의 내용 풀이를 포기한 적이
있지만 현승은 그런 말이나 어구들에 매달리는 버릇이 그때부터 있었
다.

　돌담에 둘러 싸인 집 마당에는 예외 없이 닭들이 병아리를 데리고
마당 가를 돌아다니며 모이를 줍는 광경이 눈에 들어온다. 닭은 누나가
시집 갈 때 초례상의 한 가운데를 차지했던 귀엽고 평화로운 가축이다.
신랑 신부가 초례상을 양 켠에 두고 맞절을 할 때 상 위에는 반드시 장
닭과 암탉이 날아가지 못하도록 발을 묶인 채 상 위에 오른다. 현승은
그 때 본 닭을 좋아했고 사람들은 왜 혼례 때마다 닭을 상 위에 올려놓
는가를 궁금하게 생각하기도 했다.

닭은 참으로 자유로운 가축이다. 돼지는 우리에 갇혀야 하고 소는 코뚜레를 꿴 채 고삐에 매여 마굿간에 갇혀야 하지만 닭은 아무 데에도 가두지 않고 놓아 기른다. 마당에서 먹이를 찾고 울 안에서 뛰어놀고 마실을 휘저으며 돌아다닐 수 있는 것이 닭이다. 산이나 들에 나가 모이를 줍고 갯가에 나가 피라미들을 잡아 먹다가 해가 저물면 헛간의 추녀 밑에 달아놓은 횃대애 올라 잠을 잔다. 암탉은 둥지에 알을 낳고 알을 낳고 나면 꼬꼬댁— 하고 울어 주인에게 알린다. 병아리는 평화의 상징이며 어미닭은 인정의 상징이다. 그러기에 구식 혼례의 초례상에는 반드시 닭이 오른다.

현승의 생각은 그런 것에 미치기도 했지만 그것이 옳은 생각인지 그른 생각인지를 판단할 능력을 갖추지는 못했다.

그런 생각들에 젖어 돌담길을 돌아가고 있을 때 돌담 끝 한 켠에서 흰 칼라를 받치고 곤색 교복을 입은 한 여학생이 현승의 눈에 들어왔다. 그녀는 돌담에 가려 나타났다가 사라지기를 여러 번 되풀이 했다. 현승은 어떤 예감에 사로잡히기 시작했다. 그 예감은 이상하게도 지난 가을 자신의 발길 앞에 떨어져 있었던 손수건에 싸인 편지의 그것과 같은 것이었다.
그 때부터 현승은 알 수 없는 긴장에 휩싸이기 시작했다. 눈길은 검은 돌담의 구비구비를 살폈고 생각은 흰 칼라의 단발머리 소녀를 찾아내기에 여념이 없었다. 그러나 그녀는 쉬이 현승의 눈 앞에 나타나지 않았다. 현승은,
「내가 나와 아무런 관계없는 일에 신경을 곤두세웠구나」
라고 스스로를 나무라며 골목길을 내쳐 걸었다. 그런데 다음 모롱이

쪽으로 발을 꺾으려 할 즈음에 흰 칼라의 그녀는 조그맣게 현승의 앞을
가로막으며 말했다.
　「저—, 말씀 드릴 게 있어요」
　그녀는 얼굴을 들지 않고 소리만 전했다. 머리카락 사이로 보이는
그녀의 얼굴이 가늘게 떨고 있는 것 같았다. 현승은 아무 대답도 하지
못하고 그냥 서있기만 했다. 그러고 있는 현승에게 그녀는 얼굴을 반쯤
들면서 말했다.
　「누나 집에 가는 길이죠. 거기 가셨다가 오늘 밤 8시에 마을 끝에 있
는 과수원 뒤에서 만나기로 해요. 말할 게 있어요」
　그리고는 현승보다 빠른 걸음으로 그녀는 가버렸다.
　현승은 그녀의 얼굴을 보지 못했다. 가슴이 두근거려 그녀의 얼굴을
볼 수가 없었다. 현승은 다만 그녀의 그림자를 본 것 뿐이었다. 그녀가
어디 사는 지, 이름이 무엇인지 조차도 알 수가 없었다. 현승은 다시 돌
담을 걸어, 골목을 돌아 누나의 집으로 향했다.

그리고 싶은 그림

산이 마을 쪽으로 길을 내려보내고 있다. 그 아래로 여울물이 흐르고 여울이 흘러 간 곳에 푸른 호수가 흰 배를 드러내고 누워있다. 기슭에는 상수리나무, 오리나무, 참나무, 물푸레나무들이 한데 어울려 숲을 이루고, 숲 아래 쪽 햇빛 바른 양지에는 새로 지은 개량식 한옥들과 지은 지 오래되지 않은 반양옥 지붕들이 햇빛에 반짝이고 있다.

산을 끼고 구비잦은 길을 돌면 가끔 언덕으로 물살을 밀어올리는 호수가 하얀 몸을 뒤채이는 모습이 눈에 들어온다. 낚싯군이 남겨 둔 작은 배 한 척이 불어오는 바람에 물결처럼 흔들리고 마을은 잠든 듯 고요하다. 길에는 사람 흔적도 끊어져 보이지 않는다.

마을은 마흔 채가 안되는 집들로 이루어져 있고 마을 가운데는 벽돌로 지은 이층 짜리 교회 건물이 동그마니 서있다. 종소리도 울리지 않는다. 새도 날지 않고 피던 꽃도 멈추어 있다.

호숫물이 시작되는 초입에는 마을로 건너가는 다리가 하나 놓여 있고 다리 위 난간에는 아치형 손잡이가 무늬도 없는 대리석 칸막이를 하고 구비구비 놓여 있다.

저기 저 마을에서 사람들은 잠을 자고 꿈을 꿀 것이다. 저 집에서 사람들은 밥을 먹고 몸을 쉬고 책을 읽고 사색에 잠길 것이다. 아이를 키우고 아내를 사랑하고 텃밭을 가꾸고 남은 돈을 저축하며 내일을 설계할 것이다. 그렇게 사는 것이 삶이라고 그들은 말할 것이고 그것 보다 더 낳은 삶이 달리 없다고 사람들은 말할 것이다.

마을의 행길 가에는 빨간 우체통이 하나 그림처럼 서있다. 하루에 한 번씩 자전거를 탄 우체부가 거기에 든 편지를 꺼내 자전거에 싣고 읍내로 간다. 편지들은 가벼워서 손에서 놓기라도 하면 바람에 날려가겠지만 편지 안에 든 사연들은 진하고 애린 정들이 새의 발자욱처럼 찍혀 있을 것이다. 그 편지들은 사흘 뒤, 혹은 나흘 뒤에 서울이며 광주, 부산이며 대구에 닿을 것이다.

그 편지를 읽는 동안은 편지를 읽는 사람의 마음이 편지를 보낸 사람 쪽으로 기울어질 것이다. 그리고는 머지 않아 편지를 읽은 사람도 편지를 보낸 사람도 편지에 대해서는 생각하지 않게 될 것이다. 그들은 생활 속으로 빠져 들어가 편지를 까맣게 잊게 될 것이다.

들길이 시작되는 마을의 초입에는 초등학교가 하나 정물처럼 서있다. 대처가 그리 멀지 않은 마을의 초등학교라 아직은 폐교가 되지 않음을 다행이라 여기며 이 마을 사람들은 아이들을 학교에 보낸다.

학교에서는 아직도 옛날 부르던 학동들의 노래가 불려진다. 그 노래들은 충분히 아이들을 즐겁게 한다. 아이들은 집으로 오는 길에도 학교에서 배운 노래를 부르며 바람개비를 입에 물고 달릴 것이다.

아직도 학교의 게시판이나 교실 벽에는 시간표가 붙어 있을 것이고 시간표대로 학동들은 교실과 운동장 사이를 오갈 것이다. 부저가 시간을 알리지 않고 아직도 종소리가 시간을 알릴 것이다. 종소리는 학교의 시간을 알릴 뿐 아니라 동네의 점심 시간과 저녁 시간까지도 알리는 괘종 노릇을 할 것이다.

저녁이 오면 운동장에 선 키 큰 플라타너스가 긴 그림자를 마을 쪽으로 드리울 것이다. 저녁놀이 창문에 비쳐 유리창이 붉게 반짝일 것이고 바람이 불면 창문이 소리를 내며 덜컹댈 것이다. 조회단 뒤쪽에는 국기 게양대가 높이 서 있고 게양대 뒤쪽에는 이순신장군의 동상이 서 있을 것이다. 복도에는 교훈이나 명언이 붙어 있을 것이고 교훈과 명언 사이에는 이퇴계나 이율곡의 인물화가 붙어 있을 것이다.

시골에서 학교를 다닌 사람이라면 누구든 이런 광경을 쉬이 떠올릴 수 있다. 지금은 대처로 나온 사람이라 해도 이같은 시골 풍경에는 익숙할 것이다. 그리고 커피를 마시는 조용한 시간이면 이런 풍경의 옛 마을로, 신발이 벗겨져 발가락을 돌에 부딪쳤던 그 학교의 운동장으로 생각을 잠시 돌릴 수 있을 것이다.

그러는 동안 어느 시집이나 잡지에서 시를 만나면 한 번쯤 회상에 잠겨 이런 시를 읽을 것이다. 그러면 그 시는 시를 쓴 시인의 시가 아니라 자신의 이야기가 될 것이다. 그러고도 그 시가 마음에 들면 그 시의 한 구절, 혹은 많은 구절을 기억 속에 담아 두거나 그 시의 한 구절 혹은 많은 구절을 옆 자리에 있는 동료 직원 혹은 가끔 만나는 친구에게 읽어 줄 것이다.

그 키 컸던 느티나무가 왜 이렇게 작아졌을까
발돋움하여도 발돋움하여도 손닿지 않던 수양버드나무 가지에
하루 해가 걸려
놀로 지는 지붕이 아름답던 그 때
숨차게 달려도 먼 산처럼 닿을 수 없었던 운동장
그 끝에 서 있던 백양나무는 둥치만 남고
우리가 공기놀이를 하던 플라타너스 밑에 우뚝 서있던
그 바위는 삭아 흙이 된 지금
우리가 차던 재기, 우리가 받고 놀던 공깃돌도 먼지가 된 지금
무엇이 급한 지 골짜기 물은 아래로 뛰어내려 들에 닿고
푸른 볏논에 닿으면 어느덧 물도 들판의 일부가 되어 잠 들던 곳
송사리들이 냇물을 이끌고 강에 닿으면
강은 개울물의 보챔을 달래며 어디론가 흘러간다
황혼녘의 지붕은 담요처럼 포근하고
잔광에 반짝이는 기왓장들만 숨쉬는 목숨이 되어
이 적막과 저 적막을 불러와 산 뒤에 앉힌다
누구의 소년이든 한 번은 이 황혼에 발 묻었을 것이다
누구든 한 번은 이 황혼이 제 추억의 이불이던 때가 있었을 것이다
수천의 잎새 뒤로 저녁별이 돋을 때
제 가슴의 슬픔을 세수시키고 누구든 그 반짝이는 기쁨 속으로
달려간 적이 있었을 것이다
그랬을 때 누구든 소낙비 같은 풍금소리를 들었을 것이고
창문에 부딪치는 바람 소리를 들었을 것이다
그 때의 친구들, 지금은 두 아이의 어머니가 되고 아버지가 되었을 것이다
봄이면 새끼 손가락 보다 작은 움이 땅 위로 솟던

그 날의 글라디올라스와 그 날의 난초잎과
그 날의 조회단을 생각할 것이고
그 날의 돌계단과 그 날의 칠판을 기억할 것이다
아니, 더러는 일곱 살 난 제 아이에게 가방을 메어주며
운동장에 버린 그 날의 검정 운동화를 생각할 지도 모른다
그리하여 삶은 슬픈 것 만도 아니고 외로운 것만도 아니라고
소줏잔을 어루만지며
노랫말도 곡조도 반쯤은 잊어버린
유행가를 부를 것이고
햇살처럼 쨍쨍한 추억이 있고 그 추억에 불을 켤
마음의 심지가 있다면
삶은 남루도 아니고 넝마도 아니라고
헌 책갈피에 시인의 흉내를 내며
한 줄 글말을 써넣을 지도 모른다
아무리 찬란한 오늘도 어제 속에 묻힌다
어제라는 추억의 고삐를 당기면
누구의 추억이든 기운 자리가 오히려 아름다운
다림질한 모본단 저고리가 된다
슬프기 위해 쓰는 시는 없어도
슬프기 위해 부르는 노래는 있듯이
아름답기 위해 깨어지는 유리창은 없어도
아름답기 위해 찢어지는 색종이는 있다
그 느티나무 그늘에서 익힌 말과 글로 선생을 하고
그 버드나무 그늘에서 익힌 생각의 수틀로 시를 쓰는 지금
한 번도 남을 미워해 본 적 없는 산 아래 누워

들판이 꾸던 꿈을 대신 꾸며
햇살이 닿을 때 떨리는 잎의 마음으로
오늘은 잘 떠오르지 않는 꽃의 이름을 불러보고
옛날 만지던 따뜻한 돌멩이를 만진다
황혼이 아름다운 초등학교 운동장에서

한 번도 남을 미워해 본 적 없는 산 아래 누워

들판이 꾸던 꿈을 대신 꾸며

햇살이 닿을 때 떨리는 잎의 마음으로

오늘은 잘 떠오르지 않는 꽃의 이름을 불러보고

옛날 만지던 따뜻한 돌멩이를 만진다

황혼이 아름다운 초등학교 운동장에서

약 속

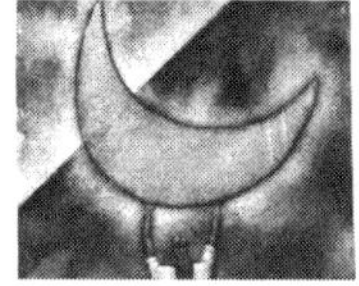

소녀의 어깨에 가볍게
내려앉고 있었다.

이윽고 밤이 되었다. 현승은 그녀가 가르쳐 준 대로 여덟시에 과수원 뒤로 갔다. 동네 끝에 붙어 있는 과수원은 매우 넓었고 우거진 과수 나무의 잎새들은 벌써 제 둥치가 보이지 않을 정도로 잎을 벌려 몸통을 감싸고 있었다. 과수원 뒤로는 새로 심은 시금치와 쑥갓들이 손가락만 한 키를 밀어올리고 그 뒤로는 동네의 빨래터로 흘러 들어가는 개울물이 소리를 높이며 흘러가고 있었다. 멀리 바라보이는 뒷산 꼭대기에서는 공군 통신부대의 불빛이 점등처럼 반짝반짝 빛나고 있었다.

현승은 과수원 뒤에 있는 탱자나무 울타리 가에서 울렁이는 가슴을 진정시키느라 안간힘을 다하며 그녀를 기다리고 있었다. 걸음을 떼어 놓으려면 발끝이 떨려 걸음을 제대로 떼어놓을 수가 없었다. 현승은 더 걷기를 단념하고 탱자나무 울타리의 굽이 돈 곳에 있는 돌 위에 앉았다. 돌은 아직도 차가웠으나 현승은 화끈거리는 가슴의 열기 때문에 돌의 차가움을 느끼지도 못하고 그 자리에 주저앉아 아까의 그 소녀가 어떤 모습을 하고 나타나는가를 꿈꾸는 사람처럼 기다리고 있었다.

약속 시간이 십여분 지나고 있었다. 그 때의 십분은 보통 때의 한 시간만큼 길었다. 초조했다. 십분 동안 현승의 머리에 피어나는 상상은 한 하늘을 덮고도 남을만한 분량이었다.

그때 현승이 앉아 있는 동쪽 울타리에서 인기척이 났고 울타리 사이로 난 덧문의 빗장이 조금 열리더니 조심스럽고 가벼운 발자욱 소리가 어둠 속에서 들려왔다. 바람이 불 때마다 개울물 소리가 크게 들려왔기 때문에 처음에는 그 소리가 개울물 소린가 했지만 반복적으로 이어지는 그 소리는 물소리가 아니었고 혹 들쥐들이 나뭇잎을 밟고 지나가는 소리인가 했지만 규칙적으로 나는 그 소리는 들쥐의 소리도 아니었다.

그 소리는 틀림없이 사람의 발자국 소리였고 될 수만 있으면 발자국 소리조차 내지 않으려고 조심하면서 걷는 신발 소리임이 틀림없었다.

현승은 앉은 채로 자신에게로 다가오는 한 소녀를 바라보았다. 소녀의 등 뒤로는 초승달이 어슴프레하게 나뭇가지에 걸린 채 빛을 발하고 있었다. 현승은 황홀했다. 아무 말도 입 밖으로 나오지 않았다. 초승달은 나무의 키를 비추고 소녀의 어깨에 가볍게 내려앉고 있었다.

그때 소녀가 이윽고 입을 떼었다.

「현승 오빠, 지난 가을 제가 드린 편지는 받으셨지요?」

그녀는 그 편지가 자신이 보낸 것이며 그것을 현승이 받았을 것이라는 데 조금도 의심을 하지 않는 말투였다.

「으응」 현승은 고개를 끄덕이며 대답했다.

초승달이 빛을 보내는 과수원 뒤 개여울 가에서 현승은 그녀의 얼굴 위에 떨어져 내리는 검은 머리카락을 음미하듯 바라보았다. 그리고 그녀가 현승에게 물을 때의 그 목소리는 틀림없이 지난 번에 들었던 합창 속의 높은 목소리 그대로였다. 설령 그 목소리가 그녀의 것이 아니라 하더라도 현승은 그것을 그녀의 것이라고 생각할 수밖에 없었다.

「그땐 저 때문에 놀라셨죠? 그렇다면 용서하세요」

그러나 현승은 오히려 기쁨이었던 그 일이 왜 용서해야 할 일인지를 알지 못했고, 그래서 얼른 대답을 찾아내지 못하고 그냥 앉아 있기만 했다. 그녀는 낮에 입었던 흰 칼라의 교복을 벗어놓고 검정색 한복 치마 저고리를 입고 있었다. 그녀가 입고 있는 한복 저고리의 동정이 달빛에 반사되어 하얗게 빛나고 있었다. 그녀도 돌 위에 앉았다. 돌 위에 동그마니 앉아 있는 그녀는 작은 한 마리 집오리였다.

「금란, 나는 오랫동안 금란을 만나고 싶었어」

현승이 가까스로 찾아낸 말은 그것이었다.

「고마와요, 현승 오빠, 저는 현승 오빠를 사랑해요, 그리고 오래오래 현승오빠를 사랑할래요, 그런 저의 사랑을 허락하시겠죠?」

그녀는 아까와는 달리 이번엔 자신에 찬 목소리였다.

「이 과수원 집이 저의 집이예요, 이 울타리를 돌아 마을로 나가는 쪽으로 난 방에 뒷문이 하나 있어요. 그 방이 저의 방이예요. 이제 저를 만나러 오실 때는 이 울타리 뒤로 오셔서 저 덧문의 빗장을 열고 과수원 안으로 들어오세요. 그리고는 과수원을 통해서 저의 집 담장까지 오셔서 저의 방 뒷 창문을 향해 모래를 던지세요. 그러면 제가 현승오빠를 맞으러 나올께요. 대문의 동쪽 끝에는 세퍼트가 있으니 그 쪽으로는 가지 마세요, 모래를 던지고 나서 제 방문에 불이 꺼지는 것이 보이거던 현승씨는 먼저 뒷문을 통해 밖으로 나가 계세요, 그러면 곧 제가 그 곳으로 나갈께요, 그러나 언제든 조심해야 해요, 다른 사람이 눈치를 채면 안되니까요」

저를 만나러 오실 때는 이 울타리 뒤로 오셔서

저 덧문의 빗장을 열고 과수원 안으로 들어오세요

그리고는 과수원을 통해서 저의 집 담장까지 오셔서

저의 방 뒷 창문을 향해 모래를 던지세요

그녀는 외고 있었던 것처럼 그렇게 말했다.

「그래, 다음 주 수요일에 이곳으로 올게, 그때까지 나는 금란만을 생각하고 있을게」

「어두운데 조심해서 잘 가세요」

그녀는 아까처럼 덧문을 조심스럽게 열고 안으로 들어갔다. 현승도 왔던 길로 되돌아 걷기 시작했다. 그러나 발이 땅에 닿지 않는 느낌이었다.

현승은 한참 동안 그녀가 사라진 그 집의 주위를 살펴보았다. 능금나무들이 물을 빨아올리는 소리가 들리는 듯했고 달빛이 물소리에 젖어 흐느적이는 듯했다. 그녀가 말한대로 그녀의 방 뒷문에 다시 불이 오르고 창호지 새로 흘러나오는 불빛이 희미하게 담장을 넘었다.

현승은 과수원의 서편을 끼고 그녀가 사는 집 주위를 한 바퀴 돌아 채마밭이 있는 남쪽으로 갔다. 집은 흙담장으로 둘러쳐져 있었고 나무 대문은 아직 이른 저녁이어서인지 반쯤 열린 채 작은 바람에도 삐걱이는 소리를 냈다. 현승은 열린 대문 안으로 겁많은 고양이처럼 작은 몸을 밀어넣은 채 집 안의 풍경을 야금야금 음미했다.

마당은 넓었고 희미한 달빛 아래 비치는 것은 과수나무 가지를 칠 때 쓰는 사닥다리와 자루가 긴 전지 가위, 분수로 뿜어내는 과수나무 약통들이 아무렇게나 널부러져 있었다. 과수원으로 통하는 북쪽 문가에는 양계장의 철망이 흑백영화의 장면처럼 희끄무레하게 보였다.

마당에는 모과나무가 한 주 서 있었고 그 아래는 땅 속으로 깊이 파들어간 두레박 샘이 있었다. 그것은 샘 위로 치솟은 지렛대 위에 걸쳐놓은 끈 달린 두레박으로 짐작할 수 있었다.

서쪽에는 마굿간이 있었고 마굿간에는 송아지가 딸린 어미소가 풀을 먹고 있었다. 시멘트로 이은 섬돌과 뜨락이 길게 추녀 아래로 뻗어 있었고 몇 켤레의 신발이 뜨락에 가지런히 놓여 있었다.

집안의 풍경을 음미하고 있는 동안 윗 방문이 열리는 소리가 났다. 현승은 재빨리 몸을 피해 마을의 골목길로 빠져 들었다. 돌담으로 둘러싸인 마을집들은 조용했고 다니는 사람도 보이지 않아 굳이 한적한 길을 찾을 필요는 없었다.

초승달은 아까보다 훨씬 높이 떠올라 하늘 한 가운데까지 가 있고 마을 가운데 있는 둥구나무의 검은 그림자는 달빛을 받아 신비한 모습을 드러내고 있었다.

도라지꽃 향내

그리고 꺾은 도라지꽃을
그녀의 가슴에 안겨주었다.

수요일은 어김없이 찾아왔다. 그 한 주일 동안 현승은 마음의 여유를 찾을 수가 없었다. 머리 속에는 수요일 밤, 과수원 뒷길, 창호지 문틈으로 새는 불빛, 던지는 모래알, 그것 뿐이었다.

약속 시간에 현승은 과수원 뒤로 갔다. 하늘에는 처음 얼굴을 드러낸 별들이 부끄러운 듯 눈빛을 깜박이고 있었고 보름달로 가는 열이틀 달이 반쯤 구름에 가려 부우연 빛을 땅 위로 보내고 있었다. 과수원 뒤 탱자나무 숲길과 그 뒤쪽으로 흘러가는 개울 가 돌밭은 현승이 그녀를 기다리기에는 아주 좋은 곳이었다. 거기는 어둘녘에 마을 사람들이 채마밭 일을 하러 나올 리가 없는 곳이었고 마을과 떨어져 있어 개가 짖어댈 염려도 없는 곳이었다.

밤 비둘기 소리가 정겨웁게 들렸고 포플러나무의 긴 그림자도 무섭지 않았다.

기다리는 시간은 초조했지만 아무리 어려운 일이 생긴다 해도 그녀가 자신과의 약속을 져버리지는 않을 것이라는 믿음을 현승은 가지고 있었다. 만약 그녀가 자신을 만나러 오지 못할 사정이라도 생긴다면 현승은 새벽까지도 그녀를 기다리리라는 마음의 준비가 되어 있었다.

돌은 현승의 체온을 받아 따뜻했다. 데워진 돌을 만지작거리다가 현승은 자리에서 일어나 그녀가 가르쳐 준 탱자나무 울타리를 돌아가 걸어놓은 덧문의 빗장을, 손을 안으로 넣어 따내렸다. 그리고는 사과나무 사이를 헤집어 그녀의 불켜진 방으로 다가갔다.

방에는 인기척이 없었다. 두근거리는 마음으로 과수나무 사이에서 불빛을 바라보았지만 방 안에서는 아무런 기미도 보이지 않았다.

현승은 사과나무의 뿌리를 감싸고 있는 흙을 쥐어 창호지의 뒷문을 향해 던졌다. 두 번 째 흙을 던졌을 때 방 안에서는 사람 그림자가 일렁이더니 방의 불이 꺼졌다가 다시 켜졌다. 불을 끈 것은 그녀가 현승이 온 것을 알았다는 신호이고 다시 불이 켜진 것은 그녀가 집안 사람들이 방 안에 있으니 안심하라는 신호였다.

현승은 사과나무 사잇길을 빠져 덧문을 비집고 밖으로 빠져나가 지난 번에 앉았던 돌 위에 앉았다. 재빠른 동작이었다.

물소리가 돌돌돌 자갈돌을 스치며 흘러갔고 달은 구름에 가려졌다 다시 나오곤 했다. 비계산 기슭에서 부엉이 소리와 밤비둘기 소리가 교차해서 들려왔다. 현승은 눈을 감고 그녀가 차츰 가까이로 걸어오는 발자욱 소리를 귀에 담았다. 그녀가 걸음을 멈추고 현승의 곁에 와 섰을 때,

「물소리가 참 아름답지?」

이번엔 현승이 그녀보다 먼저 말을 꺼냈다.

그녀가 가르쳐 준 탱자나무 울타리를

돌아가 걸어놓은 덧문의 빗장을,

손을 안으로 넣어 따내렸다.

그리고는 사과나무 사이를 헤집어

그녀의 불켜진 방으로 다가갔다.

현승은 사과나무의 뿌리를

감싸고 있는 흙을 쥐어

창호지의 뒷문을 향해 던졌다.

「물은 누구를 향하여 저렇게 아름다운 소리를 내며 흐르는 걸까요?」

그녀가 응답했다. 그때 그들은 시정(詩情)에 젖어 있었고 둘은 벌써 작은 시인이 되어 있었다. 거기에는 악 같은 것은 없었다. 그때 그들에겐 악이란 어디에도 발을 붙이지 못하는 순수 그대로의 상태였다. 그때 그들에겐 그 시간만이 영원이었고 시간이 그 자리에서 못이 박혀 움직이지 않는다 해도 더 이상 아쉬울 것이 없었다.

그녀가 제안했다.

「현승 오빠, 오늘은 제 방에 가요. 저와 함께 있다가 새벽에 누나 집으로 가면 되잖아요」

현승은 그녀의 갑작스런 제안에 어찌할 바를 몰랐다. 그러는 모습을 보고 그녀는 재촉했다.

「함께 있고 싶어요, 꼭 그렇게 해요」

그녀의 어조는 애틋했다. 현승은 그것을 거절할 힘이 없었다.

「괜찮을까?」

「괜찮을거예요, 아버진 책력(冊曆)을 보시다가 일찍 잠드시고 어머니는 길쌈을 하시느라 여념이 없어요」

그녀는 현승의 손을 끌어 당겼다.

「조심해야 해요, 그리고 발자국 소리를 내서도 안돼요, 세퍼트는 제가 남쪽 문으로 옮겨 놓았어요, 나만 따라 오면 돼요」

현승은 그녀가 시키는 대로 그녀를 따랐다.

램프불이 아직도 문 밖으로 새어나오는 그녀의 방 뒷문에서 둘은 방문을 열고 소리없이 방으로 숨어 들어갔다. 방에 들어간 후 그녀는 현승의 신발을 방 안으로 들여놓았다.

현승은 가슴이 떨려 숨도 쉬지 못할 지경이었다. 그런 현승을 보고 그녀는 미소를 띠며,

「괜찮아요, 올 사람이 없어요, 우리 편하게 이야기나 해요」
하고 달래듯 말했다.
그녀는 손수건으로 현승의 얼굴을 닦아주면서,
「지난 번 편지를 싸 준 손수건 기억해요?」
하고 물었다.
「손수건은 이별을 뜻한다던데……」
현승이 말했다.
「아니예요, 이별은 그 사람들의 마음 가짐에 달린 것이지 선물에 달
린 것은 아니잖아요? 설령 그렇다 해도 우리는 그것을 이길 수 있어요,
반드시 이길 수 있어요, 난 그렇게 믿어요」
그녀는 확신에 찬 어조로 말했다.
현승은 그제서야 그녀를 맘껏 바라볼 수가 있었다. 마음이 후련했
다. 둘은 아무 말 하지 않고 서로 바라보기만 했다. 가슴에 전율이 흘러
갔다. 마치 전기에 손을 찔린 아이같이 그들은 감전 상태로 앉아 있었
다.
그때 현승은 말이란 참으로 부질없는 것임을 느꼈다. 현승은 그녀의
기쁜 듯하면서도 슬픈 눈을 바라보았고 그녀의 그런 눈동자에서 시선
을 뗄 수가 없었다.
그러는 순간 현승의 손은 그녀의 목으로 갔고 그녀는 무너지는 듯
현승의 가슴으로 다가왔다. 얼굴이 닿는 것을 느꼈지만 그 다음에 무엇
을 해야 할지를 몰라 그냥 숨을 죽이고 그대로 있기만 했다.
그때 바깥에서 신발 끄는 소리가 들려왔다. 깜짝 놀라 그들은 재빨
리 펴놓은 방바닥의 이불 속으로 숨어 들어갔다. 신발 소리는 사랑채에
서 나서 닭장 쪽으로 가고 있었다.
이불 속은 편안하고 따뜻했다. 현승은 문득, 이래서 사람들은 이불

속에서 사랑을 하고 수태를 하고 아기를 낳는 것인가 하고 생각했다.
시간이 지나갔다. 아무 일도 없었다.
　어느덧 닭장 쪽에서 새벽을 알리는 닭 우는 소리가 들렸다.
　그녀는 현승의 신발을 들고 먼저 밖으로 나가 다시 현승을 덧문 쪽
으로 인도했다. 과수원 길을 벗어날 때까지 그들의 행동은 실로 민첩했
고 정확했다. 덧문 밖에서 그녀는 현승을 한 번 더 쳐다 보았다.
　「이번 주 일요일에 도산리 냇가에서 만나, 오후 두 시에」
　현승이 말하자 그녀는 고개를 끄덕였다.

　일요일이 되기까지도 사흘이 남았고 그 사흘이란 현승에게는 몹시
지루한 시간이었다. 돌을 차고 이슬을 밟으며 현승은 학교길을 오갔다.
길가에는 제비꽃이며 오이밥풀꽃, 댕기꽃, 바랭이풀꽃들이 피었다 지
고 지면서 피곤 했다. 비비새가 날고 제비가 하늘에서 맴돌고 있었다.
　사흘이 지나 현승이 약속한 자리에 갔을 때 그녀는 먼저 거기에 와
앉아 물 속에 발을 담그고 혼자서 물장구를 치고 있었다.
　「란 ―」
　현승은 물장구를 치고 있는 그녀의 등 뒤에서 그녀를 불렀다. 그녀
는 놀라지 않았다. 이미 현승의 그림자를 먼빛으로 보고 있었기 때문이
었다.
　「여기 있지 말고 우리 다른 데로 가」
　현승의 제의에 그녀도 일어섰다. 둘은 현승의 집 방향으로 꺾어 언
덕받이 산으로 올라갔다.
　언덕엔 싸리잎이 파랗게 돋아 있었고 원추리꽃이 바람에 꺾일 듯 휘
어지며 가는 꽃대궁을 이리저리 휘젓고 있었다. 뚜깔잎이 오리나무 틈
에 끼어 한들거렸고 군데군데 파랗게 멍든 도라지꽃이 자취없이 울어

대는 두견새 소리에 젖고 있었다.

언덕을 지나 골짜기가 시작되었다. 걸어 들어갈수록 골짜기는 깊었고 도라지꽃은 더욱 파랗게 잎을 바람에 흔들어 대고 있었다.

「이제 그만 가요」

그녀는 돌틈을 돌아 나가는 물가의 모래에 앉으면서 현승의 손을 잡아 당겼다. 거기 앉으라는 표시였다. 현승은 쓰러지듯 그녀 곁에 앉았고 그러는 사이 두 사람의 얼굴이 뜻하지 않게 맞닿았다. 얼굴이 맞닿는 순간 그들 자신도 모르게 서로의 입술이 겹쳐졌다. 그리고 그것은 더할 수 없이 달콤했다.

그 순간 그들은 어떤 힘에 의해서도 서로는 떨어질 수 없는 무섭도록 강인한 끈이 서로를 묶고 있음을 느꼈다. 사람들은 그런 것을 행복이라는 이름으로 부르는 모양이었다.

현승은 일어나서 벼랑 쪽에 피어있는 도라지꽃을 한 아름 꺾었다. 그리고 꺾은 도라지꽃을 그녀의 가슴에 안겨주었다. 둘은 함께 「대니보이」를 불렀다. 그 목소리는 틀림없이 그날 하교길에서 들었던 합창 속의 고음, 그것이었다. 한 소절이 끝나면 또 한 소절, 「대니보이」는 끝없이 이어졌다.

그 실개천과 그 벼랑과 그 하늘은 그들의 순진무구를 감싸주었고 골짜기와 벼랑은 그들의 합창을 또렷한 악보로 기록하는 듯했다.

길 위의 길

길이 있다.

여기에도 길이 있고 저기에도 길이 있다. 길이 없는 곳은 사람이 사는 곳이 아니다. 길은 사람을 기다리고 사람은 길을 기다린다. 길 위에는 사람만이 다닌다. 설령 사람이 아니라 하더라도 사람이 타는 인력거나 자동차가 다닌다.

길 위에는 사람을 무서워하는 것들은 다니지 않는다. 짐승은 사람을 무서워하기 때문에 길 위를 다니지 않고 새들은 날개를 가졌기 때문에 길 위를 다니지 않는다.

숲 속으로 난 길에도 그 끝에는 사람이 사는 마을을 달고 있다. 마을이 없다면 외딴 초옥 하나라도 길은 반드시 보듬고 있다. 사람은 피로해지거나 힘들면 길 위에서 쉰다.

길은 사람을 밀어내지 않는다. 길은 어른도 받아 들이고 아이도 받아 들인다. 길은 남자도 받아 들이고 여자도 받아 들인다. 또한 길은 성직자도 받아들이고 도둑놈도 받아 들인다. 길은 그 위를 다니는 사람의 성분을 가리지 않는다.

사람들은 길 위에서 삶을 꾸리고 길 위를 걷다가 길 위에서 생을 마감한다. 죽어가는 사람도 길 떠날 채비를 해놓고 죽는다.

새는 새가 다니는 길이 있고 쥐는 쥐가 다니는 길이 있다. 그것은 분명히 길인 데도 사람들은 사람의 길만 길이라고 부를 뿐 새나 쥐가 다니는 길을 길이라고 부르지 않는다. 사람들의 횡포다.

새와 쥐가 달리기 시합을 하면 누가 이길까?

새의 꽁지는 폭발하듯 추진력을 더하고 있지만 새가 쥐보다 더 빠르다고 말할 수는 없다. 새의 날개가 제 기능을 다하려면 하늘길이 필요하고 쥐의 네 발이 제 기능을 다하려면 좁아터진 쥐구멍이 필요하다. 하늘길에서는 새가 쥐보다 더 빠르고 쥐구멍에서는 쥐가 새보다 더 빠르다. 길은 그만큼 제몫의 생태를 유용하게 사용할 수 있는 터전이 된다.

사람은 길을 내고 짐승은 길을 감추는 것 또한 생태의 유용성 때문이다. 사람은 한 사람이 낸 길을 여러 사람이 다니고 짐승은 제가 낸 길을 제 혼자 다니기 때문이다.

한 사람이 있었다. 그는 아흔 두 살에 죽었는데 죽을 때 꼿꼿이 앉아서 죽었다. 눕지 않고 꼿꼿이 앉아서 죽는 것은 범인의 일이 아니라 수도승에게서나 볼 수 있는 일이다. 불교에서는 죽을 때 앉아 죽는 것을 장좌불와(長座不臥)라 하지만 그는 수도승이 아니었다. 그는 살아 있는 동안 한 번도 부처에게 절 한 일 없고 뾰족탑 아래 가서 기도를 해 본 일이 없다. 그가 한 평생 한 일이라곤 논밭에 가서 김 매고 소에게 풀을 뜯기고 고추밭에 북을 주고 가문 날 감자와 토란에 물을 주는 일밖에 없었다.

그런데 죽을 때 아무런 고통도 없이 밝은 얼굴로 평상시처럼 앉은 채 죽었다. 경남 의령의 어느 산골 마을에서 있은 일이다.

그는 다만 한 가지, 한 일이 있다.

그는 눈만 뜨면 논밭에 나갔는데 논밭에 나가면 반드시 지팡이나 지게 작대기로 풀숲을 한 번 휘휘 저은 뒤에 논둑을 밟거나 밭둑을 밟았다. 풀숲에 들어갈 때도 마찬가지였다. 뱀에게 물릴까봐서 그렇게 한 것이 아니었다. 그는 자신의 발에 밟혀서 죽을지도 모를 땅벌레나 지렁이들을 먼저 피하게 하느라고 지팡이나 작대기를 휘휘 둘러 사람의 기척을 알린 것이다. 미물들의 목숨도 목숨일진대 그 목숨을 지켜주는 것은 선한 일이기 때문이었다.

그의 기이한 죽음에 대해 동네 사람들이 하는 말이다.

길에 대한 명상은 누구한테서나 즐겁고 혹은 괴로운 사유들로 이어진다.

그것이 뒷날 어쩌다 다음과 같은 시를 읽게된 연유가 된다면 길에 대한 사유도 결코 부질없는 것이라고 말할 순 없으리라.

물은 늙지 않았는데 내 머리카락만 세었다
많이 긁힌 자국이 삶이라고 가르치며
물은 자갈을 때리며 땅끝으로 흘러간다

그가 한 평생 한 일이라곤

논밭에 가서 김 매고 소에게 풀을 뜯기고

고추밭에 북을 주고 가문 날 감자와 토란에

물을 주는 일밖에 없었다.

산길은 혼자 오르기엔 너무 넓고
햇살은 공으로 받기에는 너무 뜨겁다
아직도 헌 옷을 입고 있는 학교와 집들이,
그 속에 세든 아이들이 발목을 끌어당겨
산길은 더디다
언제나 질그릇같이 부서지기 쉬운 나날을 보듬고
벽돌 한 장 고이고 받치며 걸어온 길
종이를 찢어도 핏방울 듣는 날들을
이제는 선반에 올려놓고
환희의 메달처럼 바라볼 줄도 안다
습관으로 드는 숟가락이 싫지 않은 날들이
살아 있는 날이다
잊기 전에 할 일은 산과 들, 집과 거리에
이름 한 번씩 부르며 가는 일

그 눈빛을 알고

한 사람의 눈빛을 알고 한 사람의 검은 머리 빛깔을 알고 그녀의 말 소리와 기침소리를 알고 나면 설령 보이지 않는 곳에 있다손 치더라도 그녀의 마음을 알 수 있는 힘이 생긴다. 연원을 알 수 없는 곳에서 나서 풀뿌리를 적시는 시냇물처럼 연원을 알 수 없는 곳에서 나서 한 가슴의 등불이 되는 것을 사람들은 사랑이라고 말한다. 그렇다. 따뜻하고 훈훈하고 밝고 환한 그 마음을 사랑이라는 말 외에는 달리 쓸 말이 없는 줄 사람들은 안다.

현승이 그녀의 눈빛을 알고 그녀의 마음을 읽게 되기까지는 오랜 시간이 걸렸다. 그녀의 눈은 수십가지의 말을 하고 있었다. 그 눈이 하는 이야기를 들으면서 이 세상 가장 가까운 사람들 끼리는 말이란 부질없는 수사(修辭)임도 알았다. 그전까지는 여자란 무지개 같은 것이어서

멀리서 볼 때는 아름답지만 가까이 가보면 손을 찌르는 가시같은 것이
라고 생각했다.

그러나 현승이 그녀의 손바닥에서 배어나는 온기를 알고 그녀의 이
마에 드리워지는 머리카락의 섬세함을 알았을 때, 그녀는 깊은 바다이
고 산이라는 것을 알았고 번뇌를 잠재우는 음악이고 읽을수록 진한 맛
이 우러나는 책임을 알았다.

책 말인가?

사실 사람들은 전쟁을 다룬 책을 좋아하지 않는다. 전쟁의 잔인함
을, 전쟁의 무도함을, 그 화염과 파괴를 좋아하지 않는다. 그러나 전쟁
을 다룬 소설들, 그 노도같고 폭풍같은 전장(戰場)의 모습에서 우리는
많은 것을 보고 많은 것을 기억한다.

가령, 뜻하지 않게 전쟁이 났다. 사람들은 가재 도구를 싣고 피난을
가야한다. 집들은 불타고 건물들은 부서져 내린다. 그런 참담함과 황급
함 속에서 어느 모녀(母女)가 사소한 문제로 말다툼을 한다.

어머니는 딸에게 피난 마차에 솥과 저금통장과 가스 레인지와 전쟁
소식을 들을 수 있는 포터블 라디오를 실어야 한다고 주장하지만 딸은
수실 달린 인형과 체경(體鏡), 아직도 전쟁을 모르고 마당에서 뒤뚱거
리며 모이를 찾는 집오리를 먼저 실어야 한다고 말한다. 우리가 떠나고
나면 저 정직하고 귀여운 집오리는 누가 보호하느냐는 투정이다. 그런
딸을 향해 어머니는,

「이것은 연극이 아니야, 지금은 전쟁이야, 너와 나의 목숨이 달려 있
는 전쟁이란 말이야, 정신을 차려야 해」

하고 날카롭게 고함친다.

그러나 딸은 아직도 집오리처럼 전쟁을 모른 채 흔들리는 안락의자
와 어제까지 읽던 소설과 꽃 이름과 새 이름이 많이 담긴 시집을 챙겨

야 한다고 고집한다.

어머니에게는 집오리와 시집 따위는 피난길을 방해하는 훼방꾼에 불과하지만 딸에게는 그것이 목숨의 안위(安危)에 대신될만한 귀중한 재산이기 때문이다.

그 시집에는 혹, 이런 시가 들어있을 지도 모른다.

하늘에 있는 것이라면 무엇이든 가지고 싶다

구름, 달, 별 그리고 손에 닿지 않는 모든 것

땅에 있는 것이라면 무엇이든 가지고 싶다

시내, 장미, 가문비나무 그리고 끝없이 뻗은 길,

나는 간다. 열다섯 내 나이와 솜구름 같은

옷소매 나부끼며

처음엔 내 것이 아닌 길을

걸어가면 내 것이 되는 저 무한한 길을,

떠날 때는 보이지 않아도 돌아올 땐 보이던

가지마다 꽃 피는 열다섯 나의 봄

눈빛을 알고 마음을 알고 나면 가시 돋친 하루가 솜구름처럼 유순해짐을 안다.

이야기해 주는 사람이 곁에 없어도 섬세한 머리카락과 빛나는 눈동자로 물방울 같은 이야기를 끝없이 들을 수 있는 것이 세상엔 또 있다고.

민들레꽃이 아직 지지 않았으니 쓸쓸해 하기는 아직 이르다고

저녁놀이 저리도 붉으니 슬퍼하기에는 아직 이 세상이 너무 아름답다고

강물이 흘러간 언저리에서 사람들의 사랑 이야기는 시작될 거라고
아직은 촛불이 흔들리면서도 타고 있으니 밤은 어둡지 않다고
오직 한 사람이 있어서 하루는 저물어도 아름답다고

민들레꽃이 아직 지지 않았으니 쓸쓸해 하기는 아직 이르다고

저녁놀이 저리도 붉으니 슬퍼하기에는 아직 이 세상이 너무 아름답다고

강물이 흘러간 언저리에서 사람들의 사랑 이야기는 시작될 거라고

아직은 촛불이 흔들리면서도 타고 있으니 밤은 어둡지 않다고

오직 한 사람이 있어서 하루는 저물어도 아름답다고

휘파람을 부세요, 내 당신께 가겠어요

별들을 쳐다보면 눈이 시렸고
별빛이 가는 곳을 따라가다 보면

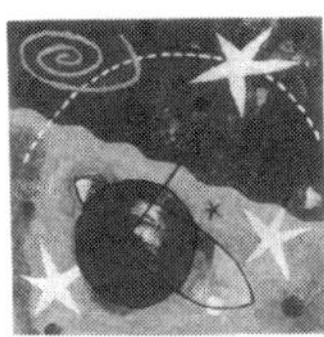

언제나 별빛은 제 행방을 어둠 속으로
감추고 꼬리를 보이지 않았다.

다시 겨울이 오고 나무들이 잎을 땅으로 지우고 있었다. 그 동안 현승은 금란을 만나지 못한 채 그녀의 편지 한 장을 받았다.

현승 오빠, 세월이 물같이 흐른다 했지요. 벌써 겨울이 우리 앞에 성큼 다가온 것 같군요.

보고싶은 마음이야 하늘만 하지만 때로는 기다리는 것도 행복임을 알았어요.

현승 오빠, 저는 현승 오빠가 훌륭한 정치가가 되고 기업가가 되기를 바라지 않아요. 다만 제가 바라는 것은 우리가 지난 번 걸었던 언덕 위에 조그만 집 한 채 짓고 집 주위에는 싸리 울타리치고 울타리 위에는 박넝쿨 벋는 대문 하나 세우는 거예요. 해 있는 동안 현승 오빠는 밖에 나가 일하고 밤이면 저는 현승 오빠가 덮을 이불을 바늘로 꿰매면서 문턱까지 차오르는 물소리를 들으면서 잠들면 족해요. 그러다가 예쁜 아기 하나 낳는다면 하느님이 우리에게 주신 선물이라 생각하고 정성껏 키울래요. 제 소망은 그것 뿐이예요.

현승 오빠, 현승 오빠 곁에는 언제나 제가 있다고 생각하세요. 그리고 기쁜 나날을 맞으세요.

제가 늘 두 손 모아 기도할게요. 그러면 안녕.

— 금란

편지는 현승을 기쁘게도 하고 슬프게도 했다. 훨씬 어른스러워진 금란의 편지를 읽으면서 현승은 스스로가 제자리 걸음을 하고 있는 것이나 아닌지 하는 느낌이 들었다. 그러나 그녀와의 만남은 더디어, 또 한 달이 훌쩍 그들을 버린 채 지나갔다.

그러는 동안에도 밤은 어김없이 산등성이를 덮고 지붕 아래로 내려앉았다.

산골의 밤은 어두웠고 잎진 오동나무 가지에 걸린 달빛은 비수처럼 차가왔다. 해질 무렵 우물가 아카시아나무에 수없이 매달렸던 참새들도 어둔 밤엔 어디로 가버렸는지 보이지 않고 이삭을 빼앗긴 짚단과, 짚동 사이에서 장난을 치던 개들도 잘 곳을 찾아 가버린 밤은 적막했다.

별들을 쳐다보면 눈이 시렸고 별빛이 가는 곳을 따라가다 보면 언제나 별빛은 제 행방을 어둠 속으로 감추고 꼬리를 보이지 않았다.

현승은 그날밤도 여느 때처럼 별빛을 바라보며 대문 밖으로 나왔다. 오동나무 여린 가지가 불어오는 바람에 조금씩 흔들리고 있을 때, 현승은 입고 있는 양복 저고리가 추워져서 방으로 돌아갈까 생각하며 물소리 끝에 부서지는 둥구나무 방천을 바라보았다.

달빛도 얼어붙는 밤이라 둑길에는 지나 다니는 사람이 없는데 둥구나무 아래로 작은 그림자 하나가 움직이는 것이 눈에 들어왔다. 그 움직임은 너무 작아 처음에는 그것을 분간할 수 없었지만 그림자는 차츰 또렷한 모습을 드러내면서 이쪽으로 가까워지고 있었다. 몇 번을 보고 또 보던 현승은 깜짝 놀라지 않을 수 없었다. 금란이었다. 이 밤에 그녀 혼자서 예까지 올 수 있다는 사실이 놀라웠고 한 번도 와본 적 없는 길을 그녀가 밤에 왔다는 사실이 믿기지 않았다.

현승은 놀란 가슴으로 뛰어가 그녀에게 물었다.

「금란, 이 밤에 어떻게 여기까지 왔어?」

현승의 황급한 물음에 금란은 태연하게 대다했다.

「홍규 오빠가 데려다 주었어요, 마을 앞까지」

「홍규 형이? 그래 홍규형은 어디 있어?」

「먼저 돌아갔어요」

「그러면 란은 어떻게 돌아가려구?」

「현승 오빠가 데려다 주면 되잖아요」

「그렇긴 하지만, 그래 갑자기, 이 밤에, 무슨 일로?」

현승은 다급해져 쉬지 않고 물었다.

「현승 오빠 누나한테 갔었어요, 현승 오빠 소식이 궁금해서요, 누나가 다 얘기해 주었어요」

「아버지 입원 말이군」

「그래요, 어머니도 함께 부산으로 가셨다면서요」

「그렇다고 금란이 여기까지……」

「그래요, 이럴 때 제가 현승 오빨 돕지 않으면 언제 돕겠어요?」

그녀는 조금도 주저하지 않고 자신의 생각을 말했다. 집에는 현미가

있어 금란을 어디로 안내해야 할지를 망설이고 있는데 그녀는 현승의 그런 속마음을 알아차리고,

「괜찮아요, 현미야 동생 아녜요, 모든 것을 저 한테 맡겨요, 현승 오빠 동생이면 제 동생도 되는 게 아니겠어요?」

방으로 들어간 금란은 현미의 손을 잡고,

「현미, 제가 온 데 대해서 너무 놀라지 말아요, 금란이라고 해요, 언니라고 불러줘요, 오빠와 현미 아가씨를 돕고 싶어요」

그런 인사에 현미도 저으기 마음이 놓이는 듯했고 그들은 곧 친숙해지는 듯했다. 자정이 지날 때까지 세 사람은 이야기의 꽃을 피웠다.

이튿날, 햇살이 등성이에 퍼지는 것을 보고 두 사람은 산 위로 올라갔다. 바람은 차가왔지만 햇빛이 등을 데워 그들은 산 아래의 마을이며 들판을 바라볼 수 있었다. 북쪽으로는 금란의 마을이 희끄무레하게 보였다. 금란은 자신의 집 쪽을 가리키며, 자신은 매일 닭장에 물을 주고 모이를 주며 빨래를 하고 집안 청소를 하고 남은 시간은 글을 읽고 생각에 잠긴다고 했다.

그러면서 그녀는, 살아가는 일에는 자신이 있다고 했다. 문제는 사랑의 삶을 영위할 수 있느냐 없느냐라고 했다. 사랑이 없다면 명예와 부가 무슨 소용이겠느냐는 것이다. 그래서 자신은 일요일 마다 나가는 교회에서 부와 명예를 위해 기도하는 것이 아니라 현승과 자신의 사랑을 위해 기도한다는 것이다.

현승은 그녀가 크리스찬이라는 사실도 그때야 알았다.

따뜻하던 날씨는 갑자기 흐려져 곧 눈이 올 듯했다. 금란이 말했다.

「현승 오빠, 그 동안 저는 시집을 열심히 읽었어요」

「시집을? 무슨 시집이길래?」

「〈사랑을 위한 하루〉라는 시집인데요, 외국 시인도 있고 우리나라 시인도 있어요」
「누구의 시들이 좋았어?」
「하이네, 바이런, 헷세, 괴테의 시가 좋구요, 우리나라 시들도 좋은 것이 많았어요」
「나도 한 번 읽어 봤으면」
「다음에 가져 올께요, 현승오빠가 읽으면 저보다 더 감명을 받을 거예요, 저는 그 시들을 읽으면서 줄곧 현승오빠를 생각했어요, 그 따뜻한 말들과 감정들이 꼭 현승오빠 마음과 같았거든요 」
현승은 그저 웃었다.
「제가 그 시들 중 특히 좋아하는 시가 하나 있어요」
「어떤 시일까?」
「그 시는 저의 마음과 꼭 같아요, 〈휘파람을 부세요〉라는 신데요, 들어보세요, 욀테니까요」

저 휘파람을 부세요, 네
그러면 제가 당신께 가겠어요
저 휘파람을 부세요, 네
그러면 제가 당신께 가겠어요
아버지와 어머니, 그리고 모든 사람들이
뭐라고 나를 꾸짖고 야단을 쳐도
전 무섭지 않아요

저 휘파람을 부세요, 네
그러면 제가 당신께 가겠어요

하지만 오실 땐 부디 조심하세요
싸릿문을 열 때까진 오시면 안돼요
그때까진 가만히 울타리 곁에 숨어 있다가
시치미를 딱 떼고 들어오세요

교회나 저자에서 만나더라도
못본 체 하고 지나가세요
하지만 그 검은 당신의 눈으로 살짝 한 번
눈짓만 하세요
안본 체 하고 지나가세요, 안본 체 하고 지나가세요

언제든 저 같은 건 아무 것도 아니라고 하세요
이따금 조금씩은 칭찬해도 좋습니다만,
하지만 딴 여자하곤 절대로 놀아서는 안돼요
당신을 빼앗기면 전 못살아요
당신을 빼앗기면 전 못살아요

그녀는 시를 두 번 연거푸 외웠다. 현승은 시를 외는 그녀의 목소리
와 표정에 도취해서 그냥 듣고만 있었다. 그 시는 마음 고운 어느 시인
이 그들을 위해 써 준 시 같았다.
「누구의 신가?」
「영국 시인의 시예요, 로버트 버언즈라는, 저의 집과 저의 마음을 너
무도 잘 알고 있는 듯한 시예요, 현승오빠를 못만나고 있는 동안 저는
줄곧 이 시를 외우면서 지냈어요, 이 시를 외우면 저도 모르게 마음이
조용히 가라앉는 것 같거든요, 앞으로도 그럴 거예요」

둘은 시의 몇 구절을 번갈아 외우며 두 손을 잡고 내리막 길을 걸어 집으로 돌아왔다. 정오가 가까웠다.

오후부터는 눈이 내리기 시작했다.

눈은 처음에는 싸라기 같이 잘고 가늘어서 땅에 닿기가 무섭게 녹아 버리더니 오후 들어서 부터는 함박눈이 되어 내리기 시작했다. 부우연 하늘에서 눈은 수만개의 날개를 달고 천 길을 내려닿은 곡예에 도취해서 땅을 향해 뛰어내리다가 피도 없이 검은 땅에 머리를 박고 죽어 넘어졌다.

그 죽음은 그러나 처참한 것이 아니었고 성스럽고 거룩한 것이었다. 참나무, 밤나무에 가슴을 찔리면서 무한 낙하로 쏟아져 내리는 눈은 어떻게 보면 무슨 원한 맺힌 사람의 투신 같아 보이기도 했고 이 세상을 몽땅 쓸어 안고 싶은 사람의 한량없는 욕망의 몸부림 같기도 했다.

얼마 안가서 땅들과 짚동들의 형체가 눈으로 덮여 구분할 수 없게 되었고 개여울과 길들의 경계도 사라져 버렸다. 처음에는 좋아라 뛰어 다니던 강아지들도 눈이 발목을 덮기 시작하자 마루 밑에 틀어놓은 짚방 속으로 들어가 보이지 않았다. 현승과 금란은 툇마루에 앉아 눈이 내리는 모양을 하염없이 보고 있다가 방으로 돌아왔다.

눈 때문에 그녀는 집으로 돌아갈 계획을 바꾸고 하루를 더 머물기로 했다. 들판과 소나무 숲을 내려 덮던 눈발도 저녁 때가 되어 그치기 시작하더니 집집마다 등불이 오르자 눈은 완전히 그쳤다. 눈 온 뒤의 날씨는 포근했다.

「이렇게 눈 온 밤엔 산토끼나 꿩들은 어디서 잘까요?」

그녀는 걱정스런 얼굴로 물었다.

「다박솔 밑이나 바위 틈에 자겠지」

「굴뚝새나 청둥오리들은 얼마나 춥겠어요?」

「춥겠지, 그러나 청둥오리들은 그 긴 부리로 얼음 밑에 있는 물고기를 잡아 올리고 굴뚝새들은 그 따뜻한 깃으로 몸을 데우지만 나는 오리나 굴뚝새 보다 금란이 추울까 봐 더 걱정인데……」

「저야 추우면 옷을 껴입으면 되지만 새들은 옷도 이불도 없잖아요」

나는 그런 란이가 좋았다. 그런 그녀의 티없이 맑은 눈을 바라보는 것만으로도 나는 좋았다.

첫눈은 그의 위력을 지상에서 한 번쯤 시험해 보고는 곧 잠잠해졌다. 이튿날 정오 쯤에는 세상을 뒤덮었던 눈도 녹아 흔적을 지우고 사라졌다. 눈 속에 지워졌던 살구나무 개가죽나무들이 다시 모습을 드러내었다.

날씨가 들자 그녀는 떠날 채비를 했다. 그러나 선뜻 떠나지 못해 그녀는 윗옷을 갈아 입는 데도 시간이 걸렸다. 그녀는 비를 들고 방을 한 번 쓸었고 물에 짠 걸레를 가지고 와서 마루를 한 번 닦았다. 그녀는 이윽고 현승을 바라보며,

「가야 해요」

하고 힘 주어 말했다.

그녀가 떠난 뒤 현승은 다시 뒷산으로 올라가 들길을 걸어 가고 있는 그녀의 뒷모습을 오래오래 바라보았다. 산 위에서 바라보는 그녀의 뒷모습이 처음에는 인형만 하더니 나중에는 실낱같이 가늘어져 이내 안계(眼界)에서 사라졌다. 모습이 안계에서 사라진 뒤에도 현승은 내내 그 자리에 못박힌 듯 서 있었다.

발길을 돌릴 수가 없었다. 머리 속은 구멍이 뚫린 듯했고 가슴 속은 황량한 바람이 부는 듯했다. 다음의 할 일을 생각해 낼 수가 없었다. 갑

자기 세상이 텅 비어 버린 듯했고 시간이 그 자리에서 멎어버린 듯했다.

현승의 아버지는 바람 소리를 듣고

내일의 날씨를 알고

저녁놀을 보고 가뭄을 점칠 줄 아는

멋진 농군이었다.

그는 자연의 이치를 알고

자연의 이치에 순응하면서 살아가는

착하디 착한 농부였다.

슬프다고 할 수도 없고 외롭다고 할 수도 없는 무아경의 상태가 전신을 휩쌌다.

「아, 집에는 현미가 혼자 있는데……」

그제야 현승은 자성을 일깨우며 집으로 돌아왔다.

현미는 혼자서 동화책을 읽고 있었다.

현승의 아버지는 바람 소리를 듣고 내일의 날씨를 알고 저녁놀을 보고 가뭄을 점칠 줄 아는 어진 농군이었다. 그는 자연의 이치를 알고 자연의 이치에 순응하면서 살아가는 착하디 착한 농부였다. 어머니와 함께 부산에 있는, 전시 스웨덴 병원에 가셨던 아버지는 암선고를 받고 집으로 돌아와 두 달을 채 넘기지 못하고 세상을 떠나셨다. 그러나 당신 자신은 슬퍼하지 않았다. 다만 슬퍼하는 사람들은 그를 떠나보내고 남은 사람들이었다.

언제나 슬픔은 남은 사람들의 몫, 힘든 노역과 갖추어야 할 갖가지 의식(儀式)도 산 자들의 몫이었다.

겨울 교회에서 드린 기구(祈求)

마음 속 깊은 곳에서
우러나는 충정의 빛

또 한 해가 훌쩍 지나고 다시 겨울이 왔다. 잎들이 져버린 날의 개울 물은 더욱 소리를 높이며 흘러갔다.

밤이 들고 어둠이 내리기 바쁘게 현승이 과수원 뒷길로 갔다.

이제는 불켜진 그녀의 방으로 가는 길은 너무도 익숙했다. 그녀의 방 뒷문을 향해 모래를 집어 던지는 일도, 그녀가 촛불을 한 번 껐다가 켜는 일도 그들은 이제 수저를 드는 일처럼 익숙해졌다.

여느 때와 마찬가지로 그들은 닭장 쪽으로 난 덧문을 따고 과수원을 빠져나와 텅빈 채소밭 둑을 걸었다. 밤바람이 들판을 씻고 산쪽으로 불어갔다. 둘이는 별 말이 없이 아랫 마을에 있는 저자까지 걸었다. 밤은 쌀쌀하고 추웠다.

현승은 그녀의 손을 자신의 호주머니 속에 끌어 넣은 채 자갈길을 걸었다.

약속한 것은 아니지만 그들의 발길은 아랫 마을 교회 쪽을 향하고 있었다.

교회는 마을이 끝난 곳에서 빈 텃밭을 하나 지난 곳에 있었다. 시골 교회는 브로크로 담을 쌓고 그 위를 기와로 인 조그만 건물이었고 대문은 기둥 두 개만을 세우고 그 위를 함석으로 인 허술한 집이었다.

정문을 들어서면 꽃이 다 져버린 작은 화단이 나오고 화단 남쪽에는 검은 콜탈을 먹인 나무 기둥의 종각에 하루에 몇 번씩만 울리는 종이 댕경댕경 매달려 있었다. 종에는 이제 걸레가 다 된 종줄이 바람이 부는 쪽으로 휘어져 있었다. 종각이 없었다면 이 집은 여느 여염집이나 다를 바가 없었지만 그래도 마을의 지붕 위로 종각이 솟아 있고 그 위로 십자가가 꽂혀 있어 교회라 부를 수밖에 없는 그런 형상을 하고 있었다. 종각 밑으로는 시든 맨드라미가 말라 비틀어져 있고 그 곁으로는 손질 안된 회양목이 빗지 않은 아이들의 머리카락처럼 부시시하게 널려 있었다.

마당 끝에 붙어 있는 장노네 집에서는 조그만 불빛이 마당을 향해 새어나오고 있었지만 교회에는 사람의 흔적이 없었다. 주일과 수요일에만 사람이 모이는 이 교회에 금요일인 오늘 밤에 사람이 있을 리 없었다.

금란을 따라 예배당 문을 밀고 들어서니 텅빈 마룻바닥이 어둠 속에 길게 깔려 있고 남쪽과 북쪽으로 난 사각의 창문에서는 희부연 바깥의 빛살이 마루바닥에 내려앉고 있었다.

희부연 그 빛살조차 없었다면 아마 예배당 안은 어둠으로 꽉차 아무 것도 분간할 수 없었을 것이다.

현승은 처음 가 본 교회와 처음 들어 서 본 예배당 안의 정경들에 이상한 충동을 받으며 그녀의 뒤를 따라 슬리퍼도 신지 않고 앞쪽의 제단을 향해 걸었다.

제단은 매우 엄숙하고 신비한 기운이 감도는 분위기였다. 현승은 자신이 비밀스런 의식의 장면 속에 들어와 있는 것처럼 느껴졌다. 제단은 하얀 천으로 덮여 있고 설교단의 테이불은 붉은 융단으로 덮여 있었다.

사방이 잘 보이지 않는 어둠 속으로 그녀는 매우 조심스런 발걸음을 떼어 놓으면서 현승에게 따라 오라는 손짓을 했다. 그리고 그녀는 설교단의 양쪽 옆에 세워져 있는 촛불에 성냥을 그어 불을 붙였다. 촛불이 켜지자 지금까지 어둠 속에 묻혀 있던 사물들이 하나하나 모습을 드러냈다.

촛불은 창문 틈으로 들어오는 희미한 바깥 빛살을 한꺼번에 몰아내고 창문에 걸려 있는, 내리지 않는 커튼과 벽마다 걸려있는 성화(聖畵)를 비쳤다. 계단 정면 한 복판의 벽에는 나무 십자가에 깡말라 늑골이 불거지고 허리춤까지 바지가 벗겨져 있는 고뇌에 찬 예수상이 걸려 있었다.

그녀는 말없이 현승을 제단 한 가운데 앉히고 자신도 현승의 왼쪽에 어깨를 나란히 하고 앉았다. 한 번도 예배를 드려본 일이 없는 현승은 그녀의 움직임만 바라보고 있었다. 그녀는 현승의 두 손을 합장시키고 자신도 무릎을 꿇고 예수상을 올려다 보며 기도했다.

그 모습에는 숙연함과 진실함이 넘쳐 흐르고 있었다.

촛불에 비친 그녀의 얼굴은 기쁜 것 같으면서도 기쁨만도 아니고 슬픈 것 같으면서도 슬픔만도 아닌, 마음 속 깊은 곳에서 우러나는 충정의 빛이 넘치고 있었다. 그것은 우수(憂愁)의 빛이라고 표현할 수밖에 없는 그런 빛이었다.

촛불은 창문 틈으로 들어오는

희미한 바깥 빛살을 한꺼번에 몰아내고

창문에 걸려 있는, 내리지 않는 커튼과

벽마다 걸려있는 성화(聖畵)를 비쳤다.

계단 정면 한 복판의 벽에는

나무 십자가에 깡말라 늑골이 불거지고

허리춤까지 바지가 벗겨져 있는

고뇌에 찬 예수상이 걸려 있었다.

　그녀의 기도는 처음에는 입 속에 맴돌다가 차츰 입 밖으로 흘러나왔다. 현승은 경건한 자세로 그녀의 기구(祈求)를 듣고 있었다.

　주 그리스도, 나의 아버지 하느님,

　제 곁에 있는 사람과 저는 일생을 함께 하기로 하였습니다. 어리고 철없는 저희를 용서하시고 사람 사랑하는 마음을 이기지 못하고 이 밤에 아버지 하느님의 문을 두드린 저희를 용서하시옵소서. 아버지 하느님을 사랑하듯이 저는 이 사람을 사랑합니다. 사랑은 둘이 아니라 하나이듯이 이 사람의 사랑은 아버지 하느님의 사랑이라고 믿사옵니다.

　의지하고 싶은 주 예수 그리스도, 나의 아버지 하느님, 넓으신 사랑 속에 오늘 밤 우리 두사람은 안기옵니다. 저희가 가는 길을 밝혀 주시옵고 저희를 시험에 들지않게 하시옵시며 저희를 쑥굴헝으로부터 인도하여 주시옵소서. 저희들 영혼을 불러 아버지 하느님을 송축하게 하옵시며 그 모든 은택을 잊지 말게 하옵시며 저희들의 모든 죄를 사하시며 저희들의 모든 병을 고치시어 저희들의 영혼이 영원히 썩지않는 열매로 익게하여 주시옵소서.

　저희들은 오늘 밤 거룩하신 아버지 하느님의 목소리를 들으며 저희의 육신과 생명을 아버지 하느님께 바칩니다. 어떤 일이 있더라도 저희를 아버지 하느님 앞에서 갈라놓지 마옵시고 마음이 빈곤할 때 물과 양식을 주시옵소서. 영원히 아버지 하느님을 받자올 저희들 어린 양이 예수 그리스도의 이름 받자와 기도 드립니다. 아멘

　기도가 끝난 뒤에도 그녀는 자리에서 일어나지 않았다. 이마 위로 드리워진 머리카락이 그녀의 얼굴을 가려 보이지는 않았지만 틀림없이 그녀의 눈시울에는 이슬이 맺혀 있었다. 그때의 이슬은 슬픔과 기쁨, 사랑과 감격의 형용할 수 없는 마음의 교직이었다.

머리 속에서는 정말 보이지 않는 축복의 목소리가 들리는 듯하였고 밝고 따뜻한 신의 미소가 보이는 듯하였다. 그녀는 한참 후에야 드리워진 머리카락을 손으로 쓸어넘기며 현승을 그윽한 눈으로 바라보았다.

현승의 예감이 빗나가지 않았다. 그녀의 눈에는 영롱한 물방울이 맺혀 있었다. 그녀는 사무치는 감정을 억제하는 듯했고 현승에게 몸을 던져 안기고 싶은 충동을 눌러 참는 듯했다.

그녀는 켜 놓은 촛불을 끄고 현승의 손을 잡고 제단을 내려 섰다. 긴 예배당의 마루를 걸어나오면서 그제서야 현승은 발이 시려움을 느꼈다.

그들은 아까 걸어온 길을 거슬러 걸었다. 밤은 깊었고 차츰 멀어지는 교회의 첨탑은 까아만 부호로 남다가 이내 그들의 육안에서 사라졌다.

과수원 뒷길에서 그녀를 배웅했을 때 그녀는 현승의 두 손으로 자신의 얼굴을 감쌌다. 얼굴은 밤공기의 찬 기운에 싸늘했지만 입에서는 더운 입김이 피어나고 있었다.

현승은 그녀의 여린 눈썹과 까아만 눈을 오래 들여다 보았다. 그녀도 현승의 눈을 바라보고 있었다. 둘이는 무한히 많은 말을 주고 받았지만 입 밖으로는 한 마디의 말도 나오지 않았다.

현승은 아직도 볼을 감싸고 있는 그녀의 손을 떼어놓으며 그녀에게, 잘 가라고 말했다.

그녀는 그제서야 정신이 든 듯 몸을 가누고 현승에게 작별 인사를 한 후 탱자나무 울타리의 덧문을 향해 걸어갔다. 현승은 그녀가 걸어가는 뒷모습을 보며 정물처럼 서있었다. 현승이 발길을 돌리려 했을 때 그녀는 열려고 하던 덧문에서 손을 떼고 급한 걸음으로 현승에게 돌아와서 말했다.

「현승 오빠, 오늘 밤은 헤어지기 싫어요」

그녀는 간절한 음성으로 말했다. 현승은 무언가 두려운 마음이 들어서,

「안돼, 이런 때는 조심해야 해, 오늘은 혼자 들어가」

하고 만류하듯 그녀에게 말했다.

「그러면 우리, 갯가에 가서 조금만 더 있다 헤어져요, 그렇게 해요」

「그래, 그런데 란이가 춥지 않을까?」

「춥지 않아요, 전 현승 오빠와 같이 있으면 추위와 괴로움도 이길 수 있어요」

아까까지 희미한 빛을 보내던 초승달마저 사라진 깊은 밤은 세상을 제 마음껏 어둠으로 칠해놓고 그 위에 불가사의한 날개를 펴고 있었다. 아무 것도 어둠을 누를 힘이 있는 것은 없었다. 그것이 펼쳐 든 어둠 속에서 엉겅퀴 마른 잎새와 도꼬마리 대궁이가 잠들어 있었다.

그들의 가슴 속에 든 말을 귀가 아닌 마음으로 듣고 있는 동안에도 시간은 바삐 흘러 자정으로 가고 있었다.

이슬 노래

너무 애틋하고 아름다워서 페이지를 넘기기가 아까운 글은 있을까?

끝까지 다 읽고도 다 읽었다는 것이 아쉬워 마지막 한 페이지만은 차마 넘기지 못하고 남겨두고 싶은 글은 있을까?

페이지를 넘길 때마다 끝이 다가온다는 애석함으로 차마 빨리 읽지 못하고 그 행간에서 머뭇거릴 수밖에 없는 그런 글은 있을까?

그 글을 다 읽고 나면 너무도 허전해서 다음 할 일을 찾아내기에 시간이 걸리는 그런 글은 있을까?

읽을 때 아름다운 구절보다 읽고 난 뒤 오래 동안, 논과 밭, 공장과 사무실에서 일하다가 문득 그 구절이 생각나 달려가 그 책의 몇 줄을 다시 확인하고 싶은 글은 있을까?

미나리를 다듬다가, 양말을 헹구다가, 쌀을 씻다가, 와이셔츠를 다림질하다가 불현 듯 떠올라 가슴에 불꽃이 되는 글은 있을까?

한 번 울린 악기 소리는 순식간에 사라져 다시 현을 켜지 않고는 그 소리를 들을 수 없다. 화폭 속에 담긴 느티나무는 화폭에 눈 주지 않으면 그 아름다움을 확인할 길이 없다. 그러나 아름다운 글은 듣지 않아도, 보지 않아도 가슴 한 켠에 촛불이 되어 시시각각 제 빛깔과 향기로 피어난다. 아름다운 산문의 한 토막, 아름다운 시의 한 구절은.

정말 그런 글은 있을까?
사랑하는 사람의 손가락의 길이와 손톱의 색깔을, 눈빛의 반짝임과 눈썹의 수효까지를, 그녀가 입고 있는 주름 치마와 블라우스의 무게를, 그녀의 속마음의 깊이와 꿈의 사닥다리를, 그리움이 저작(詛嚼)한 마음의 금싸라기를 죄다 표현한 글은 있을까?

인간의 두뇌는 비둘기의 그것보다 만 배는 크고 호랑이의 그것보다는 천 배나 크다고 한다. 인간의 두뇌는 고래보다는 작지만 그 몸뚱이와의 비례에서 인간이 훨씬 우수하고 기능적이라고 한다. 그런 두뇌를 가지고 제 욕망을 채우려 하고 저와 닮지 않은 동물을 먹고 죽이고 껍질을 벗기는 일은 인간이 가진 권리일까 죄악일까?
그러나 또 한 편, 인간만큼 잔인한 동물도 없지만 인간만큼 사랑을 아는 동물도 없다. 인간이 위대하다고 함은 사랑을 알고 사랑을 실천한다는 일이다. 그것만이 동물과 인간을 구분할 수 있는 척도다.
얼마나 많은 사람이 사랑을 하고 그것을 노래하고 시를 썼는가?
수많은 시인이 사랑을 노래하고 떠났는 데도 아직도 사람들은 사랑을 이야기하고 사랑을 노래하고 있다.

한 번의 눈의 마주침, 한 번의 마음의 부딪침, 그것이 주는 힘은 불길과 같고 홍수와 같다.

한 번의 입맞춤이 운명이 되는 길을 인간은 스스로 택하고 그 길을 스스로 가려한다. 그 구속을 사랑이라는 이름으로 부르며 그 구속을 행복이라 부른다.

사랑은 인간을 성숙하게 하고 마음의 키를 키워 어른이 되게 한다. 어른의 흉내, 그것으로부터 인간은 한 남자가 되고 한 여자가 되어 자신들이 한 남자이고 한 여자임을 확인하기에 바빠진다.

낮 보다는 밤이 편안하고 즐겁다는 사실도 그때에야 비로소 알게 된다.

언제나 함께 있는 시간은 짧고 헤어져 있는 시간은 길다는 것을, 헤어져 있는 시간이 실제 시간보다 더 길게 느껴진다는 사실을 알게 된다.

혼자 있는 시간도 사실은 혼자 있는 시간이 아니라는 사실을 알게 된다.

그녀가 다녀간 집, 그녀가 걸어간 길, 그녀가 바라본 천장과 벽지들, 아직도 그녀의 발의 온기를 담고 있는 슬리퍼, 그리고 그녀가 소근대며 들려주던 이야기가 창틈에 남아 있는 것을 바라보는 시간은 혼자 있는 시간이 아니다.

그리하여 모든 사람들은, 사람이 사는 집에는 쟁반 부딪치는 소리가 있어야 함을 알게 된다. 수저 부딪치는 소리가 있어야 함을 알게 되고 마루 바닥에 치마 끄는 소리가 있어야 함을 알게 된다. 걸려오는 전화 소리가 있어야 함을 알게 되고 방 안에는 아이 울음 소리가 있어야 함을 알게 된다.

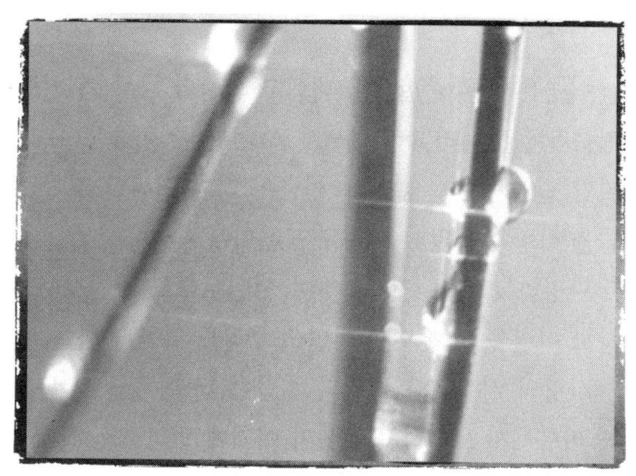

이슬은 푸른 풀밭에도 내리고 산정의 나무 가지에도 내린다.

이슬은 진흙땅에도 내리고 모래밭에도 내린다.

이슬은 유리처럼 맑고 투명하지만 연기처럼 단명하다.

이슬이 만약 영원한 것이었다면 사람들은

이슬을 사랑하지 않았을 지도 모른다.

단명하고 짧은 것, 그것이 영원보다도 값지고 귀한 것임을

사랑을 하고 이별을 해 본 사람이면 누구라도 알게 된다.

그리고 한 남자와 한 여자가 사랑하면 아이가 태어날 수 있다는 사
실을 알게 된다.
아이가 뛰어 다니는 더러워진 맨발과 아이가 휘두르는 장난감 권총
이 유리를 깨뜨리고 커튼을 찢는다 해도 그것이 삶의 모습이고 거짓없
는 사랑의 원형임을 확인하게 된다.
색동옷과 무지개를 좋아하던 아이가 동전과 지폐를 좋아하게 되는
과정을 성장이라 부르는 이유를 알게 된다.

이슬은 푸른 풀밭에도 내리고 산정의 나무 가지에도 내린다. 이슬은
진흙땅에도 내리고 모래밭에도 내린다. 이슬은 유리처럼 맑고 투명하
지만 연기처럼 단명하다. 이슬이 만약 영원한 것이었다면 사람들은 이
슬을 사랑하지 않았을 지도 모른다.
단명하고 짧은 것, 그것이 영원보다도 값지고 귀한 것임을 사랑을
하고 이별을 해 본 사람이면 누구라도 알게 된다.
사랑의 시간보다 이별의 시간이 더 아름답고 소중한 시간임을 이슬
에 비유해서 노래하는 이유가 여기에 있다.

그날 울린 총소리

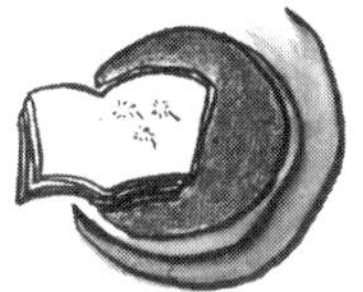

고등학교의 하교 시간이면 은어(隱語)들이 꽃핀다.

「야, 네 갈치 근사하던데」
「뭐 그까짓 엄지를 가지고」
「야 임마, 엄지면 어때, 엠비씨가 문제지」
「아니야, 와라바씨에 필라델피아면 더욱 좋지」

이런 농담과 은어들은 이제 그들이 가장 즐기는 몫이었고 그들만이
갖는 일락의 한 장면들이었다. 그런 말들이 무엇을 뜻하는지를 몰라 종
길이 한테 물으면 종길이 마저 현승의 머리를 한 대 쥐어 박으며,
　「임마, 공부만 하지 말고 친구들과 어울리는 연습도 좀 해, 그것이

사생 공분지 너 모르지?」

하고 핀잔이다.

갈치는 잠시 동안 갖는 애인이라는 뜻으로 새끼 손가락하고 통했고 엄지는 엄청나게 뚱뚱한 여자 친구를 가리키는 말, 엠비씨는 밀크 박스 카버의 약자로 소위 블래지어를 뜻하는 말이고 와라바씨는 몸매가 가늘고 연약한 여자 친구를 가리키는 말이었다. 필라델피아는 엉덩이가 넓은 여자 친구를 가리키는 말이고 사생공부는 사회생활 공부의 약어였다.

그렇다고 현승이 갑자기, 그야말로 사생 공부를 위해 그렇게 무성한 은어의 숲 속으로 뛰어들 생각은 없었다.

「왜 그런 쌍스런 말들을 좋아하지?」

하고 종길이 한테 물을라 치면,

「재미 있잖아, 어른들 몰래 우리 끼리 맘놓고 이야기할 수 있으니 말이야, 어디 그 뿐인가, 국순이가 들어도 괜찮고 담식이가 들어도 무슨 말인지 모르니 얼마나 편리해」

「그래, 공자님 만나는 시간 보다야 백번 낫지, 문어 다리에게 들킬 염려도 없고」

그런 은어들은 매일 하나씩 만들어지고 또한 없어졌다. 국순이는 국어 순화를 강조하는 국어 선생님을 두고 하는 말이고 담식이는 담임을 지칭하는 말이었다. 공자님 만나는 시간이란 몹시 졸리는 시간이란 뜻으로 도덕 시간을 가리키는 말이고 문어다리는 여기저기 학생들 동태를 살피고 다니는 학생과장을 가리키는 말이었다.

현승은 그런 친구들 사이에서 고등학교 시절을 보내고 있었다.

그 날도 화창한 봄이었고 화요일이었다. 꽃 피지 않은 줄장미가 덩굴을 뻗쳐 철망 담벽과 덤불을 타고 오르는 4월 아침은 어언 이레 째 구름 한 점 없는 맑은 날씨였다.

학교 앞의 호수에는 떠가는 구름이 호수면에 잠겨 그림자를 드리우고, 푸르고 싱싱한 연잎들은 잎새에 물방울을 담아 반짝이고 있었다.

친구들은 평소에나 다를 바 없이 모자를 비딱하게 쓰고 책가방을 야구공처럼 던지고 받으며 은어의 숲으로 빠져들고 있었다.

현승은 언제나 혼자였지만 그것을 외롭다거나 쓸쓸하다고 생각해 본 일은 없다. 그들 중에는 그래도 등하교 길에 영어 단어장을 손에서 놓지 않는 친구도 있었다. 현승이 교실에 가서 자리에 앉자마자 영복이가 쫓아왔다.

「현승아, 종길이 소식 들었니?」

「종길이 소식이라니?」

「종길이가 병원에 입원을 했대」

현승은 영복이가 무슨 말을 하려는지를 분간하지 못해 그의 얼굴만 물끄러미 바라보았다.

「좀 천천히 얘기해 봐, 종길이가 무엇 때문에 입원을 했대?」

「모르겠어, 나도 민호한테 들었는데 어쨌든 보통 일이 아니래」

「보통 일이 아니라면?」

「종길이가 마산 삼촌 집에 갔다가 거리에서 총을 맞았대, 피투성이가 되어 마산 어느 병원에입원해 있는 것을 종길이 어머니가 다시 이리로 옮겨왔대」

「총을 맞았어? 피 투성이가 되었다고?」

「그렇대, 우리 한 번 안가볼래?」

「수업이나 마쳐야 가보지」

「수업이 문제가 아니래, 아마 오늘부터 읍내 전체 학교가 휴교에 들어갈거래, 지금 학도호국단에서는 삼학년 형들이 모여 동맹휴교를 선언할 계획이래」

「삼학년 형들이?」

「그렇대, 호국단 간부 회의가 곧 열릴 거래, 그 회의는 삼학년뿐 아니라 일,이학년 대표들도 모두 참석해야 할 거래」

「그렇다면…………」

현승은 무언가 집히는 게 있었다. 얼마 전에 대구에서 학생들이 일요일 등교와 부정선거 획책에 대한 반대 데모를 하고 시가 행진을 했다는 기사를 운동장 한 귀퉁이, 클로바 밭에서 찢어진 신문지 조각을 통해 본 일이 있었다.현승이 신문지 조각에서 그런 기사를 읽었을 때는 그것이 무엇을 의미하는 지를 알지 못했다.

현승은 다만 그 신문지 조각에서 어느 대학생의 이름으로 발표된 시 한 편을 발견하고 그 시만 칼로 오려 놓았다. 그 시는 현승에게는 좀 어려운 것이었지만 그래도 원색적인 말투가 좋아서 오려 두었던 것이다.

그것은 내 사랑이었노라

분 냄새보다 더 짙은 피 냄새가

내 사랑이었노라

소낙비가 억수같이 퍼붓는 밤에

빨간 우산 속에서

내가 나를 간음하던 몇 초

그것은 내 눈물이었노라

장미가 피어도 그 향기 따다 바칠 곳 없어

나는 내 팔뚝의 피를 뽑아 땅에다 뿌린다

산하여, 우리를 두고

너 혼자 울면 안된다

눈물을 지나 내 목숨이었노라
우리는 무엇을 더 숨기고
무엇을 더 캐내야 할까
장미가 피어도 그 향기 따다 바칠 곳 없어
나는 내 팔뚝의 피를 뽑아 땅에다 뿌린다
산하여, 우리를 두고
너 혼자 울면 안된다

짤막한 시이고 불투명한 내용이었지만 담겨 있는 격정과 항변은 알 것 같은 시였다. 그런데 영복이에게 그 말을 듣고 나니 그 때 그 시가 더욱 친근한 얼굴을 들고 찾아오는 것 같았다. 영복이가 가고 난 뒤 현승은 다시 그 시를 호주머니에서 꺼내 읽어보았다.

거기에는 지난 번 보지 못했던 선명한 항변 같은 것이 보였다. 영복이가 그 말을 하고 난 뒤 현승은 호국단으로부터 연락이 있기를 기다렸으나 오후가 되도록 아무 연락이 없었다. 초조했지만 참고 있을 수밖에 없었다. 그렇다면 오후에는 영복이 하고 종길이 입원해 있는 병원에나 가 보아야지, 그런 생각을 하고 있는데 그때 2 반 실장이 왔다. 한 시에 간부 학생은 전원 호국단실로 집합하라는 전갈이었다. 현승은 한 시가 되기 바쁘게 호국단실로 갔다.

전교 학생 간부가 다 모여 있었고 3학년 선배들의 얼굴에는 긴장한 빛이 떠돌고 있었다. 호국단장이 앞으로 나서면서 말했다.

호국단원 여러분
우리는 지금 중대한 결정을 내려야 합니다. 지난 이월 이십팔일에는 대구에서 학생 가두 시위가 있었고 또 삼월 십오일에는 마산에서 대규모 학생 가두

진출이 있었습니다. 마산서는 이날 학생 팔십명이 죽거나 혹은 다쳤습니다. 이 날 우리학교 이학년 김종길군이 마산 삼촌 집에 가려고 시외버스에서 내렸다가 학생 시위대에 휩쓸려 들어가 불행하게도 최루탄 파편에 맞아 지금 재생병원에 입원해 있습니다. 모든 국민이 삼. 일오 정. 부통령 선거는 부정선거이며 당선은 무효라고 주장합니다. 오늘은 서울서 고려대 학생들이 가두 시위에 나섰다고 합니다.우리 읍내에 있는 모든 학교도 지금 우리처럼 회의 중에 있습니다.

우리는 여기서 다른 학교의 움직임이 있을 때까지 기다리느냐 아니면 우리 단독으로라도 부정선거 규탄 시위에 나설 것이냐를 결정해야 합니다. 그것을 결정합시다.

호국단장의 말은 사뭇 비장했다. 그러나 그 날은 삼학년 선배들이 이렇다 할 결정을 내놓지 않아 흐지부지 휴회되고 말았다.

그 일이 있은 뒤 이틀 동안도 학생들은 조용했다. 그러나 사흘째 되는 날은 아침부터 학교가 들끓기 시작했다. 삼학년 간부들이 교문에 서서 학교로 들어가는 학생들을 모두 교문 바깥에 몰아세웠다. 어떤 간부 학생들은 흰 붕대로 끈을 단 호루라기를 위협적으로 불면서 재학생들의 교문 출입을 막기도 했다. 학생들의 수는 삽시간에 오륙백명에 달했다.

어떤 학생들은 가방을 든 채, 또 어떤 학생들은 가방을 길 가 문방구점에 맡긴 채 시위에 참가했다. 그들이 교문을 나서서 호반의 수양버들 아래로 빠져나가고 있을 때 로터리 부근에는 벌써 다른 학교 학생들이 까아맣게 몰려들어 일대 군집을 이루고 있었다. 학생들은 로터리까지 구보로 달려가서 다른 시위대와 합세했다. 시위대 속에는 여고 학생들도 섞여 있었다.

시위대는 경찰서로 향했다. 천여명이 넘는 시위대가 경찰서에 당도 했을 때는 이상하게도 경찰서는 텅 비어 있었다. 당직 순경도 보이지 않았고 수위도 보이지 않아 학생들이 경찰서 문을 밀고 들어가도 아무도 제지하는 사람이 없었다. 학생들은 텅 비어 있는 경찰서를 보고 노호하기 시작했다.

「개새끼들, 전부 죽여야 해」

한 학생이 뒤에서 소리치자 어느 새 돌멩이 하나가 머리 위를 날았다.

와장창—, 창문 깨지는 소리가 비명처럼 들렸다. 그리고는 뒤이어 벽돌 조각과 병들이 어지럽게 경찰서를 향해 날았다. 방화봉과 막대기들도 유리창을 부수는 무기가 되었다. 삽시간에 경찰서는 폐허가 되었다. 학생들은 소리쳤다.

「가자, 다음은 서명호 집이다」

서명호는 당시 이 고장 국회의원이었다. 성난 학생들이 다가간 아홉 칸 곡자 집은 경찰서 보다 더 쉽게 무너져 내렸다. 남는 것이 없었다.

학교는 휴교였다.

사흘이 지난 오후, 현승이 집에서 쉬고 있는데 점퍼 차림의 한 중년이 현승을 찾아왔다. 그는 현승을 보더니,

「자네가 이현승인가?」

하고 물었다.

「그렇습니다」

현승이 대답했다. 그는 고개를 갸우뚱하더니,

「누가 와서 묻거던 다녀간 사람이 없다고 말하게」

하고 그는 가버렸다.

현승은 조금은 불길한 마음이 들었지만 눌러 참았다.

그러나 점퍼 차림은 이튿날 다시 왔다.

「이현승 군, 내 보기엔 자네가 그런 학생 같아 보이지 않아 어제도 그냥 갔는데……」

「무엇을 말입니까?」

「자네가 지난 이십이일 경찰서와 서의원 자택 파괴를 주동한 학생인가?」

「뭐라구요?」

「어쩔 수 없네, 내가 묻는 말에 대답을 하게, 자네에게 불리한 조서를 꾸미지는 않을테니」

현승은 어안이 벙벙하여 말이 막혔지만 형사가 묻는대로 대답했다.

「괜찮을 거야, 너무 걱정하지 말게」

현승은 조서가 무엇인지, 왜 형사가 두 번씩이나 자신을 찾아와야 하는 지를 분명히는 알지 못했지만 무언가가 일이 꼬이고 있다는 느낌을 받기에는 그것만으로도 충분했다. 더욱이 형사가 남긴 말,

「괜찮을 거야」

가 못내 가시처럼 마음에 걸렸다.

아무래도 신변에 무슨 일이 일어날 것만 같아서 이튿날은 영덕이를 불러 종길이 위문이나 가자고 했다.

종길이는 얼굴을 붕대로 싸매고 있었기 때문에 현승이와 영덕이를 보지 못했다. 그래서 그들은 종길에게 그냥 다녀간다고 소리를 높여 인사만 했다. 입원실 주위에는 어제 그 점퍼 차림과 같은 사내들이 여럿 밖을 지키고 있었다.

다음 날 현승은 삼학년 간부들과 함께 연행되어 친구들이 깨뜨리고 부순 경찰서 유치장에 갇힌 신세가 되었다.

철망 속에 핀 미소

마당 가에는 벌써
줄장미가 담을 타오르고

플라타너스 넓은 잎이
햇살 속에 펄럭이고 있었다.

죄명은 소요죄였고 신분은 학생이었다. 그러나 구속된 학생들은 아무도 스스로가 잘못을 저지르거나 죄를 지어 구속되었다고 생각하는 사람이 없었다.

그들은 부정선거 규탄과 독재 정권 타도를 위해 투신했을 뿐이라고 생각했다. 그러기에 자신들은 구속되었지만 밖에 남은 친구들이 자신들을 구제해 줄 것이라고 믿었다. 그러기에 그들은 조금도 두려움이 없었다. 감방은 마치 시합을 앞둔 운동부의 합숙소 같았다.

양쪽 방으로 나뉘어진 그들은 아침이면 어느 방에서건 노래를 시작했고 노래가 시작되면 그 노래는 순식간에 양쪽 방으로 번져나가 감방은 어느새 합창단이 되었다. 그들이 부르는 합창은 시가지를 향해 번져나갔다.

태평양 큰물 기슭 대륙 동녘에
우뚝 솟은 백두산 민족의 정기
화려한 금수강산 이루었으니
하늘이 주신 나라 지켜나가세

호국단가를 부르던 학생들 가운데 하나가,
「이제 우리, 호국단가 따위는 그만 부릅시다. 그 노래는 자유당 정권
이 우리를 정권에 복속시키려고 지은 어용갑니다」
그 말 한 마디에 그들의 노래는 모두 영화 주제가나 유행가로 바뀌
었다. 팔도강산, 맨발의 청춘, 하이킹의 노래 등이 방과 방, 벽과 벽 사
이에서 터져나왔다.

감방에 들어온 지 일주일이 되는 날 오후였다. 책도 없고 노트도 없
는 곳에서 현승이 마냥 머리 속으로 뭉게구름만 날리고 있을 때였다.
갑자기 감청색 제복을 입은 교도관 하나가 방문을 향해 걸어오더니 그
육중한 쇠문을 덜커덩 열면서,
「이현승, 면회다, 밖으로 나와」
하고 명령했다. 현승은 의아한 얼굴로 교도관을 바라보았지만 교도
관은 그 이상 말이 없었다. 현승은 벌써 입은 지 일주일이 되는 꾀죄죄
한 수인복을 입은 채 밖으로 나갔다.
「제 2 면회실이야」
교도관이 뒤에서 짧게 말했다. 현승은 잠시 생각했다. 누구일까? 친
구들의 면회라면 나 혼자 나오라 할 리는 없을테고, 혹 어머니의 면회
일까? 만일에 어머니라면 내 행색을 보고 얼마나 놀라실까? 그러면 나
는 어머니에게 무어라 말씀 드려야 하는 걸까? 그런 생각을 하면서 제

2 면회실을 들어 선 현승은 다시 한 번 놀랐다. 금란이었다.

현승은 이런 사태를 그녀에게 알리고 싶지도 않았지만 알리려고 해도 알릴 방법도 없었다. 그런데 이 사실을 그녀가 어떻게 알았을까? 엉거주춤 서있는 현승에게 그녀는 웃음을 띠며 물었다.

「제가 어떻게 알았는지 궁금하시죠?」

아무 말 없이 서 있는 현승에게 그녀는 다시,

「병원에서 신문을 보았어요. 어쩐지 이상한 생각이 들어 학교로 전화를 해보았지요」

「병원? 」

「네, 학교를 졸업한 뒤 곧장 진주에 있는 이모부의 병원에 취직을 했어요.」

「의사를 하신다는 그 분?」

「예, 이모부가 거기 와서 일도 하고 학교도 다니라고 하셨는데, 아직 학교는 나가지 못하고 병원 일만 배우고 있어요」

「이모부가 뭐라고 하셨어?」

「가보라고 하셨어요. 필요하다면 이모부가 아는 사람에게 부탁을 해서 손을 써보겠다고 하시면서요」

「손은 무슨 손, 나 혼자도 아닌데」

「그 말씀은 자기의 관심의 표명이겠지요, 이모부님도 괜찮을 거라고 말씀하시더군요. 이같은 사태가 지금 전국 각지에서 일어나고 있다시면서」

「그래, 나는 괜찮으니 란이 일이나 잘 되었으면 좋겠어」

「걱정 마세요, 저는 진주서 잠시 생활하다가 대구로 옮겼으면 해요」

「대구는 또 왜?」

「진주는 다닐 만한 간호학원이 없어요. 대구에 가면 그런 곳이 많대

요, 마침 이모부님이 아시는 병원이 대구에 있다시기에 그리로 옮길까
해요」

현승은 벌써 사회인이 된 그녀를 말없이 쳐다보기만 했다.

「현승 오빠, 저는 언제나 현승 오빠가 자랑스러워요. 이번 일은 더욱
그래요. 언제나 우리, 용기를 가지고 살아요, 저는 반드시 우리의 행복
을 제 손으로 쟁취하고 말겠어요」

「그래, 대구 가거든 몸 조심해. 우린 이틀 후면 약식 기소가 되고 그
리고 합동 재판이 있은 다음 곧 훈방될거래. 고장 유지들이 검찰에 진
정서를 내고 학부모들이 진정서를 넣었대. 학생들이 한 일이고 또한 잘
못은 학생들에게만 있는 것은 아니라는 뜻의 진정서래. 궁금 하면 편지
해. 묵동 214번지로」

금란의 얼굴이 빨갛게 달아 올랐다. 감정을 억제하느라고 그녀는 현
승으로부터 눈을 돌렸다. 교도관의 재촉에 따라 현승은 일어섰다. 그리
고 그녀가 정문 쪽 멀리 사라지는 것을 보면서 현승은 다시 감방으로
돌아왔다.

마당 가에는 벌써 줄장미가 담을 타오르고 플라타너스 넓은 잎이 햇
살 속에 펄럭이고 있었다.

구속된 학생들은 이틀을 그 방에서 지낸 뒤 사흘째 되는 날 정오에
호송경찰의 감시를 받으며 한 줄로 서서 검찰청으로 갔다. 그들은 손목
에 수갑을 찬 채였고 몸에는 밧줄이 묶여 있었다. 지나가는 사람들이
그들을 안타까운 눈으로 바라보고 있었다. 그러나 친구들은 밧줄에 묶
인 몸으로도 서로 장난을 치며 히히닥거렸다.

담당 검사는 얼굴이 길고 몸이 약간 비대한 사십대였다. 눈은 날카롭

게 보였으나 될 수 있으 면 학생들에게 부드럽게 보이려고 하는 몸짓이었다. 학생들이 검사실에 가서 줄을 섰을 때 그는 웃음 띤 얼굴로 말했다.

학생 제군, 사회의 정의 실현은 매우 중요한 덕목 가운데 하나입니다. 그러나 그것은 때가 있고 장소가 있는 법입니다. 여러분에게는 아직 여러분이 먼저 해야 할 일들이 있습니다. 경찰서와 개인의 사저(私邸)를 무단 파손한 여러분의 행위는 어떠한 이유로도 용납될 수 없는 것입니다. 그러나 이번 일은 이 지방 유지분들의 탄원과 아직 앞날이 창창한 학생들의 일시적인 판단착오로 일어난 실수임을 감안하여 여러분 모두를 방면하기로 결정했으니 이후에는 모름지기 학업에만 열중하고 사회의 일이나 정치적인 문제에는 일체 관여하지 말기를 바랍니다. 이번 방면은 특별 훈방이며 검찰과 법원의 깊은 배려가 있었음을 잊지 말기 바랍니다.

검사가 말하고 있는 동안 대열 가운데서는 모종의 일렁임이 있었고 그 일렁임으로 대열은 조금 흐트러지고 있었다. 검사도 그것을 눈치 채었던지, 말하는 도중 잠시 말이 중단되기도 했지만 그 이상의 사태는 일어나지 않았다.

경찰서로 돌아온 학생들은 일주일 전에 빼앗겼던 교복과 허리 띠를 다시 찾았다. 그 가운데는 책가방까지 교도관에게 맡겼던 친구도 있었고 도시락의 밥이 쉬었다고 투덜대며, 비워낸 도시락을 숟가락으로 두들기면서, 각설이 타령으로 익살을 부리는 친구도 있었다.

현승이 자취방으로 돌아왔을 때 영복이와 창섭이가 먼저 와 있었다.

그들은 활짝 웃으며 현승을 부여안고 깡충깡충 뛰었다. 현승이 종길이의 안부를 묻자 영복이는,

「종길이의 상처는 꽤나 깊어서 당분간 퇴원이 어렵다더라」

하고 대답했다. 그들은 다시 한 번 대상도 없는 분노를 공중을 향해 쏘아 올렸다.

「망할 놈들, 어디 두고 보자」

그들이 대상도 없는 분노를 허공에 날리고 있을 때에도 서울에서는 커다란 소용돌이가 일어나고 있었다.

그들의 귀에 들리는 소문들은, 이승만대통령 하야, 허정 내각 수반 취임, 이기붕 일가 권총 자결, 최인규, 이강학 구속 등의 소문이었다. 그러나 그들로서는 이러한 소문들의 진상을 알아볼만한 능력이 없었다. 신문도 라디오도 그들에게는 없었다. 소문은 다만 소문일 뿐이었지만, 그러나 그들은 누구도 그런 소문들을 헛된 것이라고 생각하는 사람은 없었다.

작은 방

동쪽에는 작은 방이 있었다. 아침이면 그 방에는 멀리서 쫓아온 햇살이 봉창을 두드리고 저녁이면 치마차락 같은 저녁놀이 걸렸다. 큰 방을 지나 어간마루를 건너 있는 그 방은 현승이 열네살을 보내고 열일곱살을 맞은 방이다.

그 방은 봄이면 가꾸지 않아도 목단꽃 향내가 문설주에 풍겼고 가을이면 멀리서 날아온 싸리꽃 냄새가 문고리에 묻어났다. 여름이면 목매기 울음이 처마 끝에 맺혔고 겨울이면 매운 바람이 문풍지를 울리며 지나갔다.

현승은 그 방에서 소년시절을 보냈다. 그 방에서 사색하고 그 방에서 고민하고 그 방에서 노래 부르고 그 방에서 시를 읽었다. 그리하여 그 방에는 한 소년의 열여섯살의 일기장이 놓였고 열일곱살의 자서전이 서툰 문체로 씌어지고 있었다.

　낡고 얼룩진 벽에는 오래 입은 교복과 실밥이 드러난 헌 셔츠가 못질한 옷걸이에 걸려 있기도 했다. 방 안에는 낡은 목조 책상이 있었고 책상 위에는 김소월의 시집과 하이네 시집이 꽂혀 있었다. 그리고 서랍 안에는 누구의 눈도 닿지 않는 헌 책 갈피 사이에 명함판 사진이 한 장 들어 있었다. 사진의 네 귀퉁이는 낡고 헐었지만 책장 속에 깊이 감추어 둔 사진 속의 얼굴은 아직 또렷하고 해맑은 모습이었다.

　현승은 책을 읽다가 혹은 사색에 잠겼다가 불현 듯 사진 속의 얼굴이 보고 싶어지면 갈피 속에 묻혀 있는 그 사진을 꺼내 보곤 했다. 아무리 들여다 보아도 말이 없는 사진, 들여다 보고 들여다 보아도 사진은 말을 하지 않았다. 그러나 마음의 들판에 동풍이 이는 때면 사진 속의 얼굴은 무수한 말을 했다. 한 사람 밖에는 알아들을 수 없는 말을 사진 속의 얼굴은 끊임없이 했다. 언어가 없는 대화, 감정만이 살아있는 대화, 현승은 그때부터 혼자만이 알아 들을 수 있는 묵언의 대화를 익혔다.

　민들레가 꽃씨를 날리는 계절이면 현승은 민들레처럼 들길을 쏘다니기를 좋아했다. 헌 운동화를 신고 낡은 베잠방이를 입어도 들길은 그런 모습을 책망하지 않았다. 민들레의 계절이면 기슭에는 밤꽃이 흐드러지고 찔레숲 덤불에는 찔레 잎 사이로 빨간 딸기가 익었다.

　민들레꽃씨는 자유롭다. 닿아야 할 곳이 어디인지도 모르고 그것은 하염없이 공중을 날아간다.　민들레꽃씨가 바람에 날려가는 모습은 언뜻 보면 슬픔의 형상이지만 그것은 결코 슬픔이 아니었다. 민들레 꽃씨가 날아가 닿는 곳에는 민들레를 좋아하는 아이들이 있을 거라고 생각했기 때문이다.

그 방은 봄이면 가꾸지 않아도 목단꽃 향내가 문설주에 풍겼고

가을이면 멀리서 날아온 싸리꽃 냄새가 문고리에 묻어났다.

여름이면 목매기 울음이 처마 끝에 맺혔고

겨울이면 매운 바람이 문풍지를 울리며 지나갔다.

현승은 그 방에서 소년시절을 보냈다.

그 방에서 사색하고 , 그 방에서 고민하고

그 방에서 노래 부르고, 그 방에서 시를 읽었다.

초록의 귓불을 한 아이들이 동구밖에 몰려와 자치기, 숨박꼭질을 하리라고 현승은 생각했기 때문이다.

세월이 흘러갔지만 세월은 붙들어 두는 것이 아니라고 그는 생각했다. 세월에 다친 사람들이 세월을 책망할 때도 그는 오히려 책망하는 사람 보다 책망을 받는 세월의 상처에 붕대를 감아주어야 한다고 생각했다.

그러나 현승은 민들레의 언어를 익히며 귓불이 풀뿌리 같이 하얀 그 여학생을 만나면 민들레의 언어로 사랑을 속삭여 주리라 마음 먹고 있었다. 그때의 현승의 귀에는 나뭇가지를 흔드는 바람 소리가 하모니카 소리처럼 들렸고 흔들리는 나뭇잎들은 청모시 옷고름처럼 하늘거렸다. 그러나 그 여학생을 만나는 일은 오래고 멀기만 했다.

어머니가 어간 마루에 앉아 화롯불을 지펴놓고 인두질을 할 때도 현승은 화롯불에 부채질을 하면서 그 여학생을 생각했다. 불에 달구어진 인두는 아버지의 두루마기 동정을 하얗게 빛내고 구겨진 옥양목 저고리 섶을 미농지처럼 폈지만 현승의 뇌리에 명멸하는 여학생의 얼굴은 지워지지 않았다. 삼짇날이나 단오날이 와서 어머니가 앞 마당 가에 서 있는 대추나무에 소지(燒紙)를 올리고 가지 끝에 명주 헝겊을 감을 때도, 밭둑에 누워 어제 받아온 교과서의 시를 읽을 때도 현승은 초록빛 머리칼을 날리며 과수원 길을 걸어가고 있을 그 여학생을 생각했다.

어느덧 겨울이 오고 싸락눈이 밭둑이며 논둑을 덮었다. 현승은 검정 운동화를 신고 영어 단어장을 호주머니에 꽂은 채 논둑길을 걸었다. 저물어 가는 들녘길에는 못다 핀 억새풀들이 허리를 꺾은 채 바람에 휘적이고 있었다. 벼 벤 그루터기들이 정연히 제 자리에 꽂혀 있는 논길을 현승은 하염없이 걷고 걸었다. 밟을 때마다 정조식(正條植) 벼 그루터기들과 하얀 서릿발이 뽀드득뽀드득 소리를 내며 밟히는 논길을 걸어, 산등성이를 타고 옥수수 밭둑길을 내려와 어두울 즈음에야 집으로 돌아왔다. 그리고는 헌 교복과 낡은 셔츠가 걸려 있는 그 방에 들어가 다시 일기장을 뒤적이고 책갈피 속에 숨겨 놓은 사진을 꺼내 보고 있었다.

밤은 점점 깊어 갔고 문풍지를 타고 들어오는 바람 때문에 책상 위에 켜놓은 호롱불이 불꽃을 일렁이고 있었다. 뒷 산의 상수리나무들이 가지 휘는 소리를 내고 뒤란 끝의 대나무들이 우수수 잎사귀 부딪치는 소리를 냈다. 싸락눈이 아까보다 더 큰 날개를 달고 내리고 있었다.

그때 갑자기, 한지로 발라놓은 덧문을 향해 모래알이 날아와 부딪치는 소리를 현승은 들었다. 처음에는 문종이를 스치는 싸락눈 소리인가 했지만 그 소리는 세 번을 연이어 같은 간격으로 이어지고 있었다. 현승은 방문을 밀고 목백일홍이 잎을 떨어뜨리고 혼자 서있는 동쪽 마당 끝으로 갔다. 조바심 속에서 무언가를 찾고 있는 현승의 귀에,

「저예요」

하고 어둠 속에서 작은 소리가 들려왔다. 금란이었다. 현승은 아까 방문에 부딪치는 모래 소리가 들릴 때부터 어떤 예감을 하고 있었다. 금란이 왔으리라는 예감이었다. 금란은 언젠가 한 번도 그렇게 예고없이 온 적이 있었으니까. 현승은 말 없이 금란을 방으로 맞이했다. 눈이 내리는 길을 걸어서 금란이 혼자 여기까지 온 것이다.

그때 그들은 그들의 가슴 속에 푸르고 튼튼한 나무를 심었고 하늘의 가장 높은 곳까지 날개가 흰 새를 날려 보냈다. 그때 그들은 온돌 같이 따뜻한 몇 마디 말과 단추 속에 스미는 눈길을 주고 받았다. 나이 들어 서로가 서로를 필요로 할 때가 되면, 삼십촉 전등불 아래서 서로의 손

톱을 깎아주고 머리를 빗질해 주는 사람이 되자고 손가락을 걸며 약속
했다. 땅은 꽃을 제 것으로 한 일이 없어도 부유하고, 꽃은 흙을 제 벼
개로 하지 않아도 넉넉하고 아름답게 피어난다는 말을, 우리도 그 땅처
럼, 그 꽃처럼 넉넉하고 아름답게 살아가자는 말을 그들은 귓속말로 속
삭였다.

그런 밤이, 그 숱한 아리땁고 숨가쁜 밤이 그들에게는 있었다. 사랑
의 길에는 비파소리 같은 은은함과 장고소리 같은 청랑한 음역이 함께
한다는 것을, 나뭇잎 지는 소리 같은 쓸쓸함과 도랑물 흐르는 소리 같
은 소슬함이 함께 한다는 것을 그때 그들은 비로소 알았다.

경상남도 거창군 가조면 석강리의 조그마한 한 산간 마을, 봄이면
개나리와 진달래가 지천으로 피고 여름이면 원추리꽃이 서럽게 피는
원도촌, 그 작은 마을을 씻어내리는 리본같은 개울물 소리속에서.

꽃은 피지 않아도 아름답다

나무와
들꽃 이름은

우리를 포근하게 한다.

새와 풀과 꽃이름은 우리를 따뜻하게 한다.

강과 산 이름이 우리를 편하고 넉넉하게 하듯이 나무와 들꽃 이름은 우리를 포근하게 한다.

워낙 산이란 높고 크고 숭엄하기에 그 이름이 더러 위압적인 것도 없지 않지만 그러나 대부분의 산은 우리를 편안하고 넉넉하게 한다.

백두산, 태백산이라고 부르면 우리는 그 위용에 눌리지만 묘향산, 가야산이라고 하면 넉넉하고 아름다움을 마음 속에 갖게 된다.

그러나 풀꽃들의 이름과 새들의 이름은 한결같이 아기자기하고 애잔하고 헤슬퍼서 그것을 부르는 순간부터 우리의 마음 속에는 새의 작은 깃이 볼을 스치거나 꽃들이 바람에 날리며 흩뿌리는 향기가 코 끝에 스민다.

두루미냉이, 딱지꽃, 산딸기, 바랭이들의 이름은 한결같이 작고 애잔하다. 금잔화, 복수초, 바늘꽃, 쓴냉이 또한 헤슬프긴 마찬가지다.

지빠귀, 박새, 개개비, 휘파람새의 이름은 그 이름만으로도 작고 앙징스런 모습을 떠올릴 수 있고 노랑부리 할미새, 알락새, 개개비, 장고새의 이름은 그것만으로도 그 우는 소리나 날개짓을 짐작할 수 있다.

확실히 새의 이름을 지은 사람들은 비범한 상상력과 창의력을 지닌 사람들이다.

누가 그 새나 그 풀에 알맞는 이름을 붙였을까를 생각하면 그런 이름을 부른 최초의 명명자에게 저절로 감사와 경의의 마음이 생긴다.

구슬 댕댕이, 개불알꽃, 매발톱꽃, 노루 오줌풀의 이름은 이름만큼이나 희귀하고 익살스럽지만 바위 구절초, 하늘 매발톱, 구름국화는 그것만으로도 자애롭고 신비하다.

봄 고사리를 보라. 얼마나 위태롭게 겨울을 났기에 아직도 손을 펴지도 못하고 저렇게 손가락을 오그리고 있는 것일까? 그렇게 휘어지는 가는 몸으로 땅 위에 올라와서 때가 되면 아무도 모르는 새 성장(盛裝)한 여인의 모습이 되는 것을 보라

둥굴레풀을 보라. 그 가는 대궁에 잎을 하늘로 쳐들고 마치 원한 있는 사람처럼 독기 서린 팔을 벋어 하늘을 휘어잡는 그 여리고 번센 힘을 보라

위쪽으로 피어난 잎들 밑으로 하얗게 작은 꽃들을 달고 밤이면 등불이 되는 인동초나 으아리를 보라. 살아있다는 것은 그것만으로도 아름답지만 그 삶이 작고 연약한 것이면 더욱 마음을 앤다.

아, 들판에 아무렇게나 피어 있는 애기똥풀을 보라.

무더기도 없이, 치장도 없이 주황색 꽃잎을 달고 바람에 날리는 그 모습은 아무래도 다른 사람의 눈을 피해 숨어서 뒤를 봐야하는 어른의 똥은 아니다. 무더기도 없고 향내도 없어서 그 을씨년스러움을 빗대어 이름하였기에 애기똥풀이다. 아기들은 어른처럼 다른 사람의 눈을 피해 화장실을 가거나 차양을 치고 똥을 누지 않는다. 그들은 똥이 누고 싶으면 언제 어디서나 그 일을 한다. 그러기에 그들은 자기 몸을 관리하는 데 구속이 없다. 자유롭다. 그런 꽃이기에 코를 꽃잎에 갖다 대어도 똥냄새가 나지 않는다. 찢기고 오그라진 잎들이 꽃대궁에 조심스럽게 달려 있는 꽃인지라 무심한 눈에는 뜨이지도 않는다. 그런 형상이 애기똥풀이다.

할미꽃의 슬픔과 망각도 마찬가지다. 아무도 꽃이라 여기지도 않는 꽃이 무덤 가에 피어 타래를 땅으로 드리우고 있는 모습은 아무래도 세상에 잘못 피어났거나 무슨 서러움을 담고 있는 꽃이다.

너삼, 새박, 댕댕이넝쿨, 우산풀 역시 그렇다.

벚꽃, 목련, 살구꽃, 떼찔레는 워낙 흥겹고 수선스러워 잔치마당에 초대받은 광대의 넋과 같지만 큰 꽃의 그늘에 가려 채 피지도 못하고 져버리는 그늘 속의 오이풀, 구릿대, 도꼬마리, 쇠무릎의 아름다움도 결코 하찮은 것은 아니다.

현승은 책을 읽으면서 항상 머리 속에는 그런 상상을 놓치지 않았다.

그러기에 휘파람새의 이름을 보면 귀 속에 휘파람 소리가 들리고 그것이 숲 속으로 날아가며 부르는 작은 노래소리가 들린다. 강아지풀에는 아직 낳은 지 열흘도 안된, 털이 보송보송한 강아지의 체온이 느껴지고 각시붕어에는 머리에 반짝이는 은비녀를 꽂은 애기각시의 애띤 모습이 연상된다.

처녀꽃은 아무래도 수줍고 부끄러워 가슴을 활짝 열지 못하는 어리고 애잔한 처녀가 연상되고 구름 할미꽃은 구름 위를 날아 다니는 조개 구름같은 할미꽃의 터진 잎을 생각게 한다.

그런 생각들은 터무니 없다면 터무니 없는 상상이지만 그러나 현승으로서는 혼자서 펼치는 그런 상상이 자유롭고 즐거웠다.

그러기에 그는 뒷 날, 지상에 없는 꽃이름을 스스로 이름 지어 부르며 다음과 같은 꽃 시를 쓰기도 했다.

제 손가락에 낀 돌반지가 작아져서 손가락을 새 움처럼 쫑긋거리며 울던
세 살바기 수진이를 데리고 강가에 나가 처음 보았던 꽃이름을 나는
가락지꽃이라 불렀다

강물이 송사리를 데리고 흘러가다가 필경 어디에선가 제 흐름을 멈추리라
생각하면서 나는 아무래도 강물이 가는 곳까지는 따라가지 못하리라, 발을
멈추며 불렀던 꽃이름이 가락지꽃이었다

몸이 가지 않는데 마음만 가는 강이 이 세상 어디엔가는 있다고 생각한 것도
그 때가 처음이었다.
한 길이 다른 길의 손을 잡고 한 바람이 다른 바람의 등을 토닥이며 불어
간다고 믿었던 것도 그 때가 처음이었다
햇살은 데우지 않아도 뜨거웠고 햇빛은 옷 입지 않아도 아름다웠다.

제게 예쁜 토끼띠를 주지 않고 미운 범띠를 주었다고 칭얼대던 수진이는

내년이면 시집을 가는데, 시집을 가면 또 저를 닮은 아이를 가질텐데
수진이도 나처럼 돌반지가 작아져서 우는 제 아이를 데리고 강가에 나가
처음 보는 꽃이름을 가락지꽃이라 부를까
송사리를 데리고 흘러가는 강물이 멈추는 곳에 발을 멈추며
거기에 흔들리는 꽃을 가락지꽃이라 부를까

내 이 세상 걸어가며 처음 불러본 꽃,
세 살바기 수진이의 손가락에 피었던 꽃
가락지꽃

처음 보는 꽃이름을 가락지꽃이라 부를까

송사리를 데리고 흘러가는 강물이 멈추는 곳에 발을 멈추며

거기에 흔들리는 꽃을 가락지꽃이라 부를까

내 이 세상 걸어가며 처음 불러본 꽃,

세 살바기 수진이의 손가락에 피었던 꽃

가락지꽃

모래밭이 긴 북후강에서

오월 초순의 햇빛은 따뜻했다. 동여맬 끈이 없어 세월은 벌써 현승을 스무살의 청년으로 만들어 놓았다. 현승이 대학에 입학한 것이다. 현승은 서투른 대학생활을 익히느라 여념이 없었다. 학기 초에는 강의실 찾는 데도 시간이 걸렸고 선배들이 권하는 써클활동이며 개성이 다른 친구들과의 잦은 조우며 흐름을 따라가기 조차 바쁜 강의며 매주 쏟아지는 과제를 해 나가는 일에만도 힘에 겨웠다.

그런 봄날의 어느 오후에 금란이 찾아왔다.

대구에서 간호사 자격을 딴 금란이 안동군 북후면으로 발령을 받고 그 사실을 현승에게 알리러 온 것이다.

현승은 그녀를 축하했다. 화사한 봄과 더불어 그녀는 임지로 떠났지만 한 주가 멀다하고 금란은 현승에게 편지를 보냈다. 편지의 내용은 대개 발령을 받은 보건소의 일들, 자신의 주변생활들의 이야기였다.

그녀는 매일 동네와 동네를 돌면서 산아제한 홍보를 해야하고 피임기구나 피임약을 무료로 나누어 주어야 한다는 것이다. 더러는 피임 시술을 하는 의사의 곁에서 의사를 보조하는 일도 해야 하는데 그럴 때면 낯이 뜨거워 견디기 어려울 때도 있다고 했다.

짓궂은 주민들은 처녀가 왜 그런 직업을 선택했느냐고 묻기도 해서 자신의 직업에 회의가 오기도 하지만 이제는 두어달이 경과되었기에 그런 회의나 부끄러움은 이길 수 있다는 것이다. 그녀는 편지마다, 빨리 여름 방학이 되면 현승을 그곳으로 오라는 말을 잊지 않았다.

여름방학은 일찍 시작되었다. 그러나 현승은 밀린 일들과 써클 활동 등으로 곧바로 그녀를 찾아갈 수가 없었다. 방학이 시작된 지 보름이 지나 가까스로 현승은 그녀가 있는 안동으로 갔다.

7월 오후의 역사(驛舍)는 콜탈과 기름칠로 번들거리고 기왓장도 없는 슬라브 지붕은 폭염 속에 녹아 내릴 것만 같았다. 나무가 잎을 오무리고 길이 질척이는 듯했다. 노둔하고 비만한 집들과 거리들이 더위 속에 흐느적였다.

현승은 금란이 가르쳐 준 전화번호를 꺼내 보건소로 전화를 걸었다. 그녀는 퇴근 준비를 하다가 전화를 받는다면서 반색을 했다.

그녀가 오는 동안 현승은 역대합실 나무 의자에 앉아 그녀를 기다렸다. 기다리면서 현승은 상상했다. 이제 직장인이 된 그녀의 모습이 전과는 얼마나 달라졌을까? 그녀가 초라한 나를 보면 뭐라고 말할까? 그녀가 사는 집은 어디에 있을까? 내가 그녀의 집에 가서 과연 하루만이라도 함께 지낼 수 있을까? 등을.

그런 상상을 하는 동안 현승의 눈 앞에 한 성장(盛裝)한 여인이 하이

힐의 굽소리를 멈추었다. 그녀는 완연한 한 여인이었고 성숙한 어른이었다. 몸피가 불었고 블라우스 밑으로 보이는 피부가 희고 윤택했다. 그 눈부심에 현승은 잠시 어리둥절했다.

그녀는 웃음을 띠면서 말했다.

「우리 맛있는 것 먹으러 가요」

그 말에 할 말을 찾지 못하다가 현승은 가까스로,

「맛있는 것 보다 더위를 식히는 일이 더 급한데」

하고 대답했다. 그러나 별다른 계획이 있지 않은 현승으로서는 그녀가 이끄는 대로 따를 수밖에 없었다. 그들은 가까운 중국집으로 갔다. 식사를 하면서 그녀는,

「현승씨, 아까 대합실에서 왜 나를 보고 낯선 표정을 지었어요?」

하고 물었다. 금란은 그때 이미 '오빠' 라는 호칭 대신에 '씨' 라는 호칭을 달고 있었다.

「금란이 갑자기 사회인이 된 것 같아 그랬어요. 이곳으로 온 뒤 처음이니까 더욱 그랬던 것 같아요」

그 말은 진심이었다. 그리고 현승은 그녀의 말에 자신도 모르게 경어를 쓰는 것을 보았다.

「기왕 사회인이 되었으니 가능하면 빨리 사회인의 길을 익히는 게 좋지 않겠어요. 그것이 살아가는 지름길임을 나는 새삼 느끼고 있어요」

「그렇지만…………」

「그렇지만 걱정 마세요, 겉모습이 사회인이라고 속마음 마저 기성인이 되는 건 아니니까요」

그러나 현승으로서는 그녀의 급속한 변화가 아무래도 마음이 놓이지 않았다.

「란, 나는 좀 불안한데」

「뭐가요?」

「란이가 갑자기 숙녀가 된 그 모습 말이야」

「그런 것을 기우라고 한댔어요. 나는 빨리 우리를 가두고 놓아주지 않았던그 관습, 예스럽고 찌들리던 그 삶의 굴레들을 벗어버리고 싶어요. 그러나 그것을 벗어 버리고 싶은 것은 결코 나 혼자 잘 살고 싶어서 그런 건 아니예요. 내 아버지 어머니, 그리고 현승씨, 현미 모두를 위한 것이예요. 모두들 잘 사는 데 왜 우리만 지겹고 고통스런 삶을 살아야 해요? 빨리 세상을 익혀서 현승씨와 제가 잘 사는 길을 찾아야 해요, 될 수만 있으면 저는 그 길을 빨리 찾을 거예요, 저의 행복의 전부인 현승씨를 위해 저는 그 길을 꼭 찾고야 말겠어요」

현승은 더 할 말이 없었다. 그녀의 그 결심과 각오에, 그리고 너무도 당연하고 옳은 말에 무어라 반대를 하거나 비난을 할 수가 없었다. 그러나 현승으로서는 그녀가 무엇을 어떻게 해서 잘 살 길을 찾겠다는 건지 알 수가 없었다. 그러기에 그녀의 적극성이 오히려 불안으로 다가오고 있었다.

여름 밤은 해가 졌는 데도 좀체로 열기가 식지 않고 길과 거리가 닳아 오르고 있었다. 사람들은 부채를 들고 나무 밑을 어정거렸고 나뭇잎들은 아직도 시든 잎을 늘어뜨린 채 흐느적이고만 있었다.

둘이는 거리를 빠져나와 강반(江畔)을 걸었다. 강은 거의 구비가 없는 물줄기를 아래로 내려 보내고 있었고 경사가 없는 이곳의 물줄기는 북단의 모래밭을 베고 유유히 아래로 흐르고 있었다. 희미한 달빛 아래 보이는 모래밭은 마치 어머니의 젖을 물고 있는 어린 아이와 같아 보였고 그 자리에서 전쟁이 터지고 화염이 인다 해도 움쩍도 않고 그 자리에 누워있을 것 같은, 꿈많은 처녀의 희고 부드러운 가슴 같아 보였다.

밤에 보는 물은 검고 모래는 희었다.

신발을 벗어 들고 걷는 그들의

맨발을 모래알들이 간지렸다. 기분 좋은 감촉이었다.

둘은 긴 모래밭을 장난기 많은 아이처럼 한 시간 가량 걸었다.

모래밭은 그 위를 걷는 사람을 쉽게 지치게 했다.

둘이는 모래와 강물이 맞닿은 사안(沙岸)에 나란히 앉았다.

밤에 보는 물은 검고 모래는 희었다. 신발을 벗어 들고 걷는 그들의 맨발을 모래알들이 간지렸다. 기분 좋은 감촉이었다.

둘은 긴 모래밭을 장난기 많은 아이처럼 한 시간 가량 걸었다. 모래밭은 그 위를 걷는 사람을 쉽게 지치게 했다. 둘이는 모래와 강물이 맞닿은 사안(沙岸)에 나란히 앉았다. 밤은 점점 깊어가고 먼 북단의 강가에는 일찍 목욕을 하러 나온 사람들도 돌아가고 없었다.

그녀는 예까지 나왔으니 우리도 목욕을 하고 가자고 말했다. 현승은 망서렸다.

그녀는 현승보다 먼저 옷을 벗고 물로 들어섰다. 그녀가 석고상 같은 하이얀 몸을 뒤로 보이며 물 속에 들어 섰을 때 현승은 갑자기 불을 켜는 남성을 느꼈지만 눌러 참았다. 그것을 참는 것은 고통이요 또한 즐거움이었다. 그녀는 물 속에서 찰싹찰싹 물장구를 치기도 하고 더러는 두 손으로 물을 퍼올려 등에다 붓기도 했다.

「현승씨, 뭘해요, 빨리 들어오지 않고」

그 말에 현승도 곧 물에 들어가 그녀의 곁에 앉았다. 물은 그들이 앉아 있는 키와 목덜미를 적셨고 물결의 높이는 그들의 어깨를 오르내렸다. 맑은 물은 달빛에 싸여 찰랑찰랑 소리를 낼 것 만 같았다.

현승은 그녀의 빛나는 몸매와 어깨, 허리의 곡선을 황홀하게 바라보았다. 그때 그녀가 말했다.

「현승씨, 저 좀 안아주세요」

현승은 그녀를 안았다. 그녀의 가슴이 참새 가슴처럼 할딱이는 것을 보았다. 그녀의 숨 쉬는 소리가 샛바람 소리처럼 들려왔다. 현승은 비로소 마음의 문이 열리는 것을 느꼈고 자신도 모르는 새 그녀의 등덜미에 손이 가는 것을 보았다.

거기에 금기는 존재하지 않았다. 그리고 금기가 풀린 그곳에는 일찍

이 경험하지 못한 무한하고 넓은 자유의 세계가 펼쳐진다는 것도 알았
다.

　성이란 부질없이 자신들을 옭아매는 족쇄라는 것을 깨달았고 지금까
지 자신은 그 족쇄의 부정적인 면에만 집착하고 있었다는 사실, 그 부
정 너머에는 아름답고 넉넉한, 천공(天空)같은 세계도 있다는 것을 아
울러 깨달았다.

　두 사람의 손길은 서로를 찾고 있었고 서로를 찾는 그 손길은 지금
까지 미지로만 있었던 새로운 기쁨의 세계를, 이 다음 그들이 걸어가야
하는 보이지 않는 길과 언덕을 가르쳐 주고 있었다.

　현승은 그녀가 출근하고 없는 방에서 사흘을 더 머물었다. 방에는
장식이 없고 그녀의 옷 몇 벌과 그녀가 사용하는 화장품 통만 몇 개, 앉
은뱅이 책상 위에 놓여 있었다. 현승은 시내를 어슬렁거리거나 책상 위
에 놓인『세계명시선』을 만지작거리면서 시간을 보냈다.

　사흘째 밤에 다시 그들은 강으로 나갔다. 달은 아직 밝았고 달빛은
풀잎과 모래알까지 환히 비쳐주고 있었다.

　「내일은 돌아가야겠어요」

　「왜요? 아직 방학인데 더 있을 수 있잖아요」

　「아니야, 할 일도 많이 남아 있고 또 란이가 없는 방에서 혼자 있다
는 일도 고통스러워요」

　「그렇군요, 그러면 방학 중에 한 번 더 오실 수 있겠지요?」

　「그렇게 해 보겠어요」

　그들은 한참 동안 말없이 앉아 있었다. 그러다가 그녀가 입을 떼었
다.

　「현승씨, 현승씨는 제가 어떤 일을 한다해도 저를 믿을 수 있겠지

요?」

갑자기 굳은 얼굴로 말하는 그녀가 의아해 현승은 그녀를 바라보기만 했다. 그녀는 같은 말을 한 번 더 물었다.

「무슨 말을 하려는 거요?」

「아니 뭐, 혹 그렇다는 건데요」

「혹 어떻다는 거예요」

현승은 조금 다급해져 그녀의 말꼬리를 붙들며 물었다.

「외국엘 나가고 싶어요」

현승은 잠시 어리둥절했다. 전혀 예상하지 못했던 말을 그녀가 툭하고 자신의 면전으로 던진 것이다.

「외국이라면, 어느 나라를……」

「서독이예요」

「서독은 왜?」

「서독에서 지금 한국의 간호원을 받고 있어요, 거기에 가면 보수가 한국의 네 배가 된대요, 현승씨가 대학을 졸업하고 군대에 갔다 오시는 기간이면 충분해요」

「국내에서 좋은 직장을 찾을 수는 없을까요?」

「없어요. 국내는 지금 실업자가 쌓이고 지엔피가 팔십불밖에 안되지만 서독은 지엔피가 한국의 스무 배가 넘는대요. 돈이 없는 나라에서 무슨 돈으로 노동자들을 잘 먹이고 높은 임금을 줄 수 있겠어요. 그 가운데서도 우리나라에서 가장 헐값으로 노동력을 착취 당하는 직업이 간호원과 국민학교 교사라잖아요. '잘 살아 보세' 라든지 '올 해는 일하는 해' 라는 노래나 구호는 그래서 나온 것이지만, 이런 상태에서 언제 우리가 그들을 따라 가겠으며 어디 가서 더 좋은 직장을 찾을 수 있겠어요. 정부에서도 지금 될 수 있는대로 인력을 해외로 진출시켜서 외

148

화를 벌어들이려 하고 있어요, 지금 독일을 간다는 것은 저와 같은 간호원으로서는 가장 좋은 기회이고 또한 가장 좋은 나라예요」

「가게 되면 얼마나 그곳에 있게 되나요?」

「삼년이예요, 삼년간 고용 계약이고 거기서 희망에 따라 계약 기간이 연장되기도 한 대요」

「말도 안통하는 나라에서 어떻게 삼년을 지낼려고 그래요?」

「그래요, 그게 가장 큰 문제예요, 지금부터 한 일년간 독일어 학원에 나갈 예정이예요」

「일년간 배워서 독일어 습득이 가능할까요?」

「완전하지는 않겠지만 시험에 합격하는 수준은 가능할 거예요」

「안동에 독일어 학원이 있나요?」

「없어요」

「그러면」

「서울로 가야지요, 지금의 자격증이면 서울의 어떤 병원이라도 취직할 수 있어요. 요즘은 간호원이 인기 직종이거든요」

「서독 때문이겠군요」

「그런가 봐요, 서독 간호원 진출은 혁명 이후 여성 인력 수출로 제일 먼저 착안된 것이고 정부의 권장 사업 가운데 하나예요」

「서울에는 일자리를 찾아보았나요」

「예, 서소문에 있는 한일병원인데요, 이곳보다는 대우도 낮고 꽤나 큰 병원이지만, 그렇다고 거기 오래 있을 마음은 없어요」

그녀의 반년 동안의 직장 생활은 현승의 반년 동안의 학교생활 보다 몇곱절의 깨우침과 각성을 준 것이고 몇 곱절의 사회를 알게 해 준 것이었다. 현승으로서는 접근할 수도 없는 정신적 성장을 해버린 그녀에게 현승은 어떤 말도 할 수 없었다. 그래서 물었다.

「그 길밖에 우리가 잘 살 수 있는 길이 없을까요?」

「없어요, 지금으로서는 그 길이 최선이예요」

그녀는 단호했다. 현승은 우울했지만 다른 제안을 할 수가 없었고 그녀를 만류할 말이 없었다.

현승은 모래알만 두 손으로 번갈아 쥐었다 쏟고 쏟았다 다시 쥐었다.

어디서 밤새 우는 소리가 들렸고 사방은 조용했다.

금란도 현승의 그런 마음을 알아차리고 더는 말을 잇지 않았다.

등이 이슬에 젖고 있었다.

화려한 달빛 아래 쓸쓸한 밤이었다.

푸른 제복의 추억

눈과 눈이
오래 같은 곳에

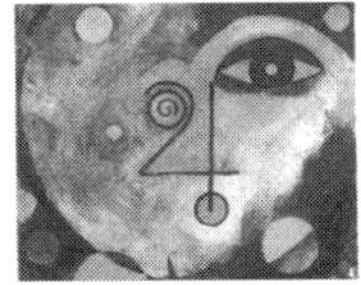

머물고 있었다.

또 한 해가 흘렀다. 서울로 간 그녀가 보내 주는 편지는 이제는 거의 전부가 서독 이야기 뿐이었다. 그러나 서독 이야기가 담긴 편지를 현승은 읽기조차 싫어서 편지를 서랍 속에 쌓아놓기만 했다. 금란은 병원 생활을 하면서 독일어 학원에 나간다고 했다.

현승은 그해의 첫 학기를 끝내고 군대에 입대하기로 마음 먹었다. 그것은 자신에게도 어떤 전기가 될 수 있을 것 같아서였고 그녀에게도 자신의 결심을 한 번 더 반성적으로 생각할 수 있는 계기가 될 것 같아서였다.

현승은 입대를 자원하면서도 그녀에게는 그런 사실을 알리지 않았고 전혀 귀띔도 하지 않았다. 그러다가 징집 영장을 받고 난 뒤에야 자신의 군 입대를 알렸다.

현승의 입대는 칠월 중순이었다.

입대하는 전 날 그녀는 병원의 휴가를 얻어 고향집으로 현승을 찾아왔다. 반갑기는 했지만 그들은 서로의 마음 한 쪽에 서로의 계산을 숨기고 있었기 때문에 만남이 전처럼 자연스럽지는 못했다.

묏부리에 앉아 갓 핀 제비꽃이며 져버린 할미꽃의 수실을 바라보면서도, 푸른 하늘 가로 날아가는 빨간 고추잠자리를 바라보면서도 둘이는 별로 말을 하지 않았다.

현승은 묏부리의 잔디 위에 봉지 맺은 들국화처럼 청초하게 앉아 있는 그녀를 바라다 보면서 깊은 슬픔에 잠겼다.

—우리가 조금만 더 좋은 환경에서 자랐다면, 우리가 조금만 더 부유한 가정에서 태어났더라면 지금 같은 슬픔은 당하지 않아도 되었을 것을, 그랬더라면 그녀도 나도 조용하고 평탄한 삶을 고민없이 살아갈 수 있었을 것을—,

그런 생각을 하는 현승의 눈시울에 자신도 모르게 눈물이 맺혔다.

그녀는 현승의 그러한 마음을 눈치 채고 현승을 끌어다 그녀의 무릎에 눕혔다. 현승은 그녀의 무릎 위에 머리를 대고 누운 채 그녀의 검은 눈을 바라보았다. 그녀는 가슴 속에 끓어오르는 무한한 말을 억제하느라 이를 악물면서 젖은 눈동자로 현승을 위무하고 있었다. 눈과 눈이 오래 같은 곳에 머물고 있었다. 그 순간 둘이는 자신들의 가슴 속에 있던 고통스런 일들과 계산들이 한꺼번에 뇌리에서 빠져나가 흰구름이 되는 것을 보았다.

둘이는 그때 하늘 아래 다만 그들 둘만 존재하고 있는 것 같은 착각에 빠졌다. 그녀가 얼굴을 가져와 현승의 얼굴에 갖다 댔을 때 그들은 수륙만리 밖에 있어도 서로는 떨어질래야 떨어질 수 없는, 전생부터 맺어진 인연임을 느꼈다.

　혹사와 폭염의 연병장에서 현승은 자신의 체질과 사고와 생활패턴을 바꾸는 훈련을 받았다. 그것은 잘 짜이고 치밀하게 계획된 것이었다. 하루의 생활 전부가 현승의 의사와는 관계없이 강요된 질서 속의 것이었지만 현승은 그것을 잘 참았다. 그 강요들은 그것에 순응하지 않으면 안되도록 하는 보이지 않는 힘을 갖고 있었다.
　거기에는 개인이 없는 대신 전체가 있었고 개성이 없는 대신 목표가 있었다. 방임이 없는 대신 규율이 있었고 착오가 없는 대신 완성에의 의지가 있었다.
　백명의 움직임도 하나여야 했고 육체의 리듬까지도 통제와 규칙에 의해 치러져야 했다. 도저히 지탱할 수 없을 것 같던 병사들은 며칠이 지나자 스스로도 모르게 그 매마르고 딱딱한 규칙 속으로 빨려 들어가 그 규칙을 지탱하는 못이 되고 벽돌이 되었다. 엠완 소총과 카빈의 무게가 차츰 자신의 손에 친숙해져 옴을 현승은 경이롭게 보고 있었다.
　강한 훈련 뒤에 오는 짧고 강한 휴식은 일찍이 맛볼 수 없었던 달콤한 쾌감이었다.
　두고 온 기억의 책장을 넘겨볼 여유도 없이 겨울이 왔고 병사들은 다시 자신들의 의사와는 관계없이 북행 열차를 탔다. 그들의 이름은 어느새 계급장이 대신했고 존칭은 어느새 비칭으로 바뀌었다. 이현승이 아니라 이이병이었다. 그리고 그들은 그런 사실에 조금도 의심을 하려 들지 않았다.
　소양강 가의 시월 하순은 벌써 추위를 몰고 왔다. 거기서 다시 남행하는 트럭을 타긴 했지만 현승의 어둡고 우중충한 삼년의 병사생활은 일호의 차착도 없이 진행되었다.

눈 내린 철망에 비치는 겨울 달빛이 서정이 아님을 알았고 나뭇가지를 흔들고 가는 바람이 노래가 아님을 알았다. 적어도 깡통 계급장들에게는 그것이 계율이었고 진리였다.

언제나 내일은 디.데이였고 적은 십리 밖에 와 있었다. 폭설과 눈보라는 간이 막사를 뒤덮고 불완전한 방한복을 찢었다.

그러나 다시 오지 않을 것 같던 봄이 왔고 함석 지붕의 콘세트 밑에도 금잔화 새 움이 돋아나고 있었다. 눈이 녹아 도랑을 적시는 늦은 오후, 현승은 위병소로부터 면회통보를 받았다.

얼어 터진 손등이 아물지도 않았고 짧게 깎은 머리에 숯검뎅이와 자동차 기름이 번들거리는 얼굴로 현승은 위병소로 뛰었다. 허리에서는 수통이 덜렁거렸고 동강난 작업화 끈이 너덜거렸다.현승이 위병소 문을 열고 들어섰을 때 그 앞에 서 있는 사람은 금란이었다. 현승은 약간 질린 얼굴이 되었지만 그녀가 미소로 맞아주어 조금은 안심을 했다.

「군대 생활이 힘들죠?」

「그런대로 지낼만 해요」

「그래요, 지금의 현승씨 모습은 아주 당당하고 씩씩해요. 전 일찍부터 그런 현승씨 모습을 보고 싶었어요」

「다행이군요, 지금의 내 모습은 내가 아니라 군대와 겨울이 만들어 낸 모조품이예요, 진품이 되기까지는 아직 더 많은 시간이 걸릴 거예요, 그러나 다만 한 가지, 란이 없이도 살아갈 수 있는 훈련을 쌓았다는 건 진품이야」

「섭섭하지만 고마워요」

「그런데 아버지, 어머니는 잘 계셔요?」

현승이 그렇게 물었을 때 그녀는 잠시 입을 열지 않았다. 그러다가 고개를 들고 조용히 말했다.

지금의 내 모습은 내가 아니라

군대와 겨울이 만들어낸 모조품이예요,

진품이 되기까지는

아직 더 많은 시간이 걸릴 거예요,

「아버지가 돌아가셨어요」

「뭐, 아버지가, 돌아, 가셨다고?」

현승은 갑자기 쿵-하고 가슴 속에서 무언가가 무너지는 듯한 소리를 들었다.

「열흘 전이었어요, 휴가를 내어 집에 갔다가 장례를 마치고 오는 길에 이리로 면회를 온 거예요」

둘이는 잠시 침묵했다.

「예상했던 일이예요, 저는 그 일로 그다지 큰 충격은 받지 않아요, 다만 남아 있는 어머니가 걱정이예요, 사과 농사와 밭일과……」

그녀는 슬픈 모습을 보이지 않으려고 애를 쓰면서 힘겹게도 입가에 미소를 띠며 말했다.

「현승씨의 건강한 모습이 저의 희망이예요, 현승씨의 등 뒤에는 언제나 제가 있다는 걸 잊지말아요」

그리고 그녀는 돌아갔다.

그녀가 떠난 뒤, 현승에게는 오래 그녀의 그림자에 붙잡힐 여유가 없었다. 뛰어 갈 때마다 덜렁거리는 수통과 입이 벌어진 작업화가 그런 것을 용납하지 않았다.

강물은 이따금 거슬러도 흐른답디다

피는 꽃도 잠시
머물어 필 때가 있고

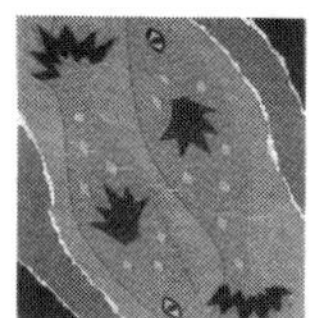

강물도 이따금
거슬러 흐를 때가 있다.

다시 가을이 오고 골짜기에는 싸리꽃이 피었다 졌다.

그러나 현승은 그런 계절의 변화를 눈여겨 볼 틈도 없이 제식훈련과 연병장 청소와 식기 닦기로 하루하루를 쉴 틈 없이 보냈다.

점호 시간이 되어 총기 수입을 하고 있는데 중대본부로부터 장거리 전화가 왔다는 전갈이었다. 현승은 윤활유 묻은 걸레를 그 자리에 던져 두고 중대본부로 뛰어가 전화를 받았다. 홍규 형의 전화였다. 홍규도 그때 파주에서 군대생활을 하고 있었다.

「현승아, 나 홍규다」

「그래, 형이 어떻게 전화를 다……」

「너 모르고 있었나?」

「무얼 말이유?」

「야, 이 멍청아, 금란이가 내일 정오에 서독으로 떠난단 말이야, 걔가 어제 나한테 전화를 했는데, 너한테는 그 말을 할 수가 없으니 나한 테 대신 좀 전해 달라더라. 그러나 걱정은 하지말라면서 말이야」

현승은 수화기를 붙잡고 멍청히 서 있기만 했다.

「예정된 일이니 용기를 내, 네가 미리 알면 비행장까지 나오는 소동 이 벌어질까봐 알리지 않았단다. 어차피 너도 군대 생할 기간이니 잘 됐지 뭐」

현승은 힘없이 수화기를 놓았다. 아무리 예정된 일이라고는 하지만 현승으로서는 이번 일은 놀랍고 서운한 일이 아닐 수 없었다.

그 먼 나라로 떠나면서 떠난다는 말 한 마디 없다니,

비행기로도 스무 시간이 더 걸린다는 그 길을, 다시 만날 날이 언제 일지도 모르는 그 길을 떠나면서 내게 한 마디 말도 하지 않고 떠나다 니,

그렇다면 지금까지 우리가 사랑한다고 말한 것은 과연 무어란 말인 가?

나는 또 무엇을 위해 매일을 발이 땅에 붙을 여가도 없이 뛰어 다녀 야 한단 말인가?

이제 누구에게 이 고되고 억센 일과들을, 이 방치된 젊음들이 갖는 숨가쁨과 애환들을 가슴속에 쌓아 두었다가 귓속말로 속삭여 준단 말 인가?

그런 생각을 하고 있는 현승에게 갑자기 눈 앞에 있던 목표물이 사 라져 버린 것 같은 허탈감이 찾아왔다. 자신도 모르게 자기 혐오 같은 것이 밀려들었다. 그것은 자기 학대 같은 감정이 동반된 것이었다. 지 금까지 해 온, 빈틈 없이 짜여진 일과표와 강요된 규율과 질서에 저항

이 생겼다. 그 충격과 속앓이는 자신을 지탱하는 것도 힘겹게 만들었
다.

　며칠 후 현승은 내무반으로 배달된 한 통의 편지를 받았다. 그것은
황황하고 급한 마음으로 쓴 편지 같았다. 봉투를 뜯는 현승의 손이 가
늘게 떨렸다.

　현승씨,
　미안하다고 하면 마음이 풀리겠습니까? 용서를 빌면 마음이 용서로 돌아서
겠습니까?
　차마 만나지 못하고 현승씨의 이름만 가슴에 안고 공항으로 떠납니다. 종이
에 눈물이 떨어져 제대로 편지를 쓸 수 없는 저를 당신은 이해할 수 있겠습니
까?
　잠시 동안은 저를 원망하시겠지만 머지않아 저를 이해하실 날이 오리라 믿
습니다.
　지금은 눈물의 이별이지만 머지않아 이별 없이 살 수 있는 날이 우리에게
찾아올 것입니다.
　부디 고된 군무에 몸 상하지 말고 꿋꿋하게 지내시기 바랍니다.

　피는 꽃도 잠시 머물어 필 때가 있고 강물도 이따금 거슬러 흐를 때가 있다
하더이다.
　눈부신 햇볕이 우리의 얼굴에서 떠나지 않는 날을 위하여 오늘 저는 이 길
을 떠납니다.기쁨과 슬픔을 영원히 현승씨와 함께 할 란이 드립니다.
　부디 몸 건강 하시길 빕니다.
— 금란 드림.

부대를 둘러친 철망에는 지던 꽃이 후두둑 지고 있었고 부대를 휘돌아 나가는 냇물은 저 혼자 흰 배를 드러낸 채 유유히 가던 길을 가고 있었다.

아무 것도 변한 것은 없는데 그것을 바라보는 현승의 마음은 변해 있었다.

허탈이라고 할까? 미움이라고 할까? 형용하기 어려운 텅빈 감정의 먹구름이 현승의 가슴을 쓸며 지나가고 있었다.

옛날 영화

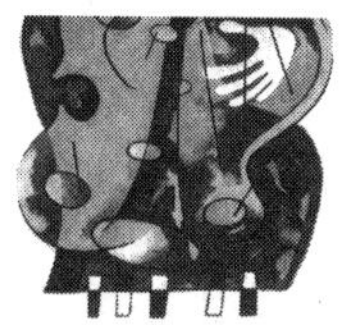

옛날 영화는 우리를 설레게 한다. 더러는 화면이 끊기고 말소리가 잘 들리지 않아도 옛날 영화는 우리의 가슴 속에 아련한 추억의 촛불을 밝힌다.

가장 슬픈 장면이거나 가장 기쁜 장면에서는 으레히 주제가가 흘러나와 관객들을 울리거나 가슴을 들뜨게 하는 영화, 총천연색 혹은 화면 넓은 시네마스코프가 들어오기 전의 한국 영화는 언제나 애잔하게 우리의 뇌리 속에 남아 있다. 흑백필름, 느리고 지루한 화면의 진행, 늘상 보던 주인공의 얼굴, 어눌한 말씨, 어색한 입맞춤, 그런 영화들이 우리에겐 더 진하고 애틋한 기억 속의 영화다.

씨네 하우스, 아트갤러리, 뤼미에르, 시네마천국 등의 이름은 너무도 현대적이어서 그 시절의 영화에 눈을 익힌 사람들에겐 덜 감동적이다.

허리우드, 피카디리, 단성사, 명보극장의 이름이 오히려 다정하다. 그때의 정서와 그때의 애환이 그 이름 속에 아직도 남아 있기 때문이다. 아카데미, 제일극장, 아세아, 한일극장의 이름도 그렇다.

쉬리, 마요네즈, 화이트 발렌타인, 나는 아직도 네가 지난 여름에 한 일을 알고 있다 등에는 쉽게 감정이 움직이지 않는다. 애인, 사랑과 이별, 만추, 맨발의 청춘 등은 그 이름만으로도 감정이 그 속에 녹아든다.

거기엔 소년시절의 애띤 부끄러움이 있고 헐벗고 주린 시절의 애환이 있다. 거기엔 헐고 닳은 검정 운동화의 불편함이 있고 떠올리면 아직도 부끄러움으로 남는 추억들이 있다. 그러기에 추억은 언제나 아름답다.

가시나무새, 백야, 아마데우스는 감동적인 영화이긴 해도 베옷같은 추억을 불러 일으키지는 못한다. 은행나무 침대, 팔월의 크리스마스, 편지 등은 비록 과거의 재현에 힘을 기울였다고 해도 배경과 소도구에서 현대적이기에 옛날의 재현은 불충분하다. 외화(外畵)라면 차라리 서부영화가 그 시절을 상기하는 데는 적합하다.

건힐의 결투, 빅 컨트리, 황야의 7인, 석양의 건 맨은 그 시절 십대의 소년들에게는 얼마나 가슴 뛰는 감동을 안겨 준 영화들인가!

친구들은 쉬는 시간만 되면 게리 쿠퍼의 총 쏘는 흉내를 내며 상수리나무 숲을 누볐고 한 사람이 백 사람을 이기고야 마는 서부 영화의 주인공을 부러워 했다. 콰이강의 다리며 오케목장의 결투, 통바지, 챙 넓은 모자, 주인공이 불어주는 휘파람 소리, 입에 문 시거는 친구들의 끝없는 선망의 적이었다.

카우보이, 아리조나 카우보이, 광야를 달려가는 아리조나 카우보이,
말채찍을 흔들면서 역마차는 달려간다. 저 멀리 인디언의 북소리 들려오면
고개 넘어 주막집에 아가씨가 그리워, 달려라 역마야 아리조나 카우보이.

그리하여 친구들은 교복을 벗어 버리고 검정 물들인 군용 점퍼를 즐겨 입었고 운동화를 벗어 던지고 끈 풀린 워커를 신고 다니면서 이런 노래를 즐겨 불렀다. 그것이 그들에게는 최상의 멋이었다. 서부극의 주인공이 권총으로 상대방을 쓸어뜨리고 의기양양하게 손가락에 건 권총을 돌려 허리에 차는 모습, 기지 하나로 위기 일발의 주민들을 불법 침입자들로부터 구출해 내는 장면들은 친구들의 오랜 부러움과 화제의 대상이었다.

저녁때만 되면 극장에서는 오늘 상영하는 영화의 주제가가 확성기를 통해 흘러나오고 지프차 뒤에 광고판을 실은 영화 선전이 거리를 누빈다. 확성기를 통해 흘러나오는 노래소리는 집집의 지붕을 안개처럼 덮는다. 길 가는 사람의 귀에도 시장에서 돌아오는 주부의 발걸음에도 노래는 내려앉고 학교를 파하고 돌아가는 학생들의 가방에도 트럭을 몰고 가는 운전수의 흐트러진 머리카락에도 확성기를 빠져나온 노래는 운무처럼 깔린다.
그런 때면 저녁상을 마련하는 주부들의 손길이 바쁘고 숙제를 끝낸 학동들의 외출 준비가 분주하다.

—오늘밤 우리극장에서는 시청자 여러분의 평생에도 잊지못할 감동의 명화, 「사랑과 이별」이 상영됩니다. 이 기회를 놓치지 마시고 꼭 한번 왕림하시기 바랍니다. 눈물 없이는 볼 수 없 는 감동의 명화, 오늘밤

7시에 상영됩니다.

　이런 광고 문구들이 확성기를 통해 마을과 마을, 지붕과 지붕들을 누빌 때면 밥 짓는 주부들도 시험공부를 하던 학동들도 모두 마음이 들떠 부지런히 식사와 설거지를 끝내고 극장으로 향한다.

　그러나 학생들에겐 관람이 허락되는 영화가 있고 허락되지 않는 영화가 있다. 관람이 허락되는 영화에는 별반 매력을 느끼지 못하는 친구들은 관람 불가의 영화를 선호해, 주머니에 구겨 넣은 몇 푼의 돈을 가지고 극장의 매표소로 향한다. 짧게 깎은 머리카락을 숨기기 위해 운동모자를 눌러 쓰고 교복 대신에 작업복이나 형들이 입던 양복 웃저고리를 몰래 걸친다. 그리고는 점잖은 신사양반의 흉내를 내며 극장의 한 귀퉁이에 검은 실루엣으로 앉는다.

　학생주임이나 훈육선생들로 짜여진 극장 단속반이 극장에 떴다 하면 극장 안에서는 조용한 소용돌이가 일어난다. 아무래도 몸에 어울리지 않는 차림을 한 친구들을 단속반들이 놓칠 리가 없기 때문이다. 그러기에 단속반들이 움직이면 극장 안에서는 자리 이동이 시작된다. 그러나 거기에 아랑곳 없이 영화는 진행되고 사랑하는 사람들이 이별을 하거나 혹은 한 사람의 주인공이 백 사람의 악당들을 물리치는 용맹이 유감없이 발휘된다.

　「두 남매」를 그렇게 해서 보았고 「나그네 설움」을 그렇게 해서 보았다. 악역을 미워했고 가난하나 정직한 주인공을 동경했다. 이예춘, 허장강을 미워했고 박암, 황해를 동정했다. 그런 세대의 추억이란 거의 비슷해서 지금도 그 세대들의 자리에선 언제나 영화 주제가가 단골 메뉴가 된다. 최희준의「하숙생」, 배호의 「돌아가는 삼각지」, 차중락의 「낙엽따라 가버린 사람」이 그래서 그 세대들의 사랑을 받는다.

그 노래가 좋아서가 아니라 그들이 가지고 있는 추억이 좋아서 그들
은 그런 노래를 부른다. 잃어버린 날을 되찾는 길은 그것 뿐이므로, 잠
시라도 풀잎 같이 푸른 시절로 돌아갈 수 있는 길은 그것 뿐이므로.

옛날 영화는 우리를 설레게 한다.

더러는 화면이 끊기고

말소리가 잘 들리지 않아도

옛날 영화는 우리의 가슴 속에

아련한 추억의 촛불을 밝힌다.

잃어버린 날들을 위하여

꽃이 피어나는 것만큼 우리를 외경스럽게 하는 것은 없다. 저 말없는 꽃나무가 겨울 동안 무슨 힘을 비장해 두었다가 봄이 되면 저렇게 일제히 피어나 산야를 제 빛깔로 물들이는 걸까?

꽃은 사람들이 이별을 할 때도 피고 사람들이 사랑을 할 때에도 핀다. 무더기로 피고 혼자서 진다. 강물은 흘러가고 산은 그 자리에 언제나 남는다. 구름도 바람도 가고 다시 오지만 들판은 한 번 누운 자리에 변함 없이 누워 있다.

그 산과 그 들판에 사람들은 집을 짓고 학교를 세우고 공장을 돌리고 기차를 가게한다. 시장을 만들고 가게를 열고 우체국을 짓고 극장을 세운다.

그런 학교에서, 우체국에서, 공장에서, 극장에서 사람들은 저마다의

특유한 삶을 영위한다. 사랑도 거기서 맺고 이별 또한 거기서 맞는다. 옛날 극장을 아는 사람들은 옛날식 사랑을 알고 옛날식 이별을 안다. 뜨거운 포옹 없이 뒤돌아 서서 눈물 지우는 옛날식 이별을 안다.

그리하여 시간이 지나고 이마에 주름이 진 때가 되면, 어떤 유행가 가사처럼, 그야말로 옛날식 다방에 앉아 짙은 섹소폰 소리를 듣고 도라지 위스키를 마시면서 흘러간 시절을 그리워 한다. 옛날은 흘러가 다시 오지 않기 때문에, 달려가도 다시 만날 수 없기 때문에 사람들은 그 시간을 더욱 연연해 하고 그 시간을 더욱더 골똘히 회억한다.

그 여름이 끝날 무렵 금란은 서독으로 가는 간호원 서류 검증의 합격 통지서를 받았다. 지원 서류를 낸 지 석달만이었고 독일어 학원에 다닌 지 일년만이었다. 비자 신청과 소양교육을 받느라 많은 시간을 보냈고 회화시험을 거쳐 중급 독일어 수강 증명서를 받느라 다시 두 달을 빼앗긴 후였다.

꿈꾸고 기다렸던 일이 눈 앞에 다가왔다는 기대와 눈 앞에 벌어질 천변만화의 이국풍경이 금란의 잠자리를 들뜨게 했다. 현승을 생각하면 가슴 한 구석이 텅 비어오는 듯하지만 그녀는 될 수만 있으면 현승의 생각을 한 쪽으로 밀어놓으려 했다.

시간이 지나갔다. 시간이란 제게 집착하면 끊임없이 가슴을 물고 뜯는 파도와 같은 것이지만 제게 관심을 두지 않으면 흔적도 없이 떠나가는 바람과 같은 성질을 가지고 있었다. 그리하여 받아놓은 출국 날짜는 순식간에 다가왔다.

김포에서 프랑크푸르트로 가는 항공 노선은 개설되지 않았고 한국에서 서독으로 가기 위해서는 먼저 자알이나 노스웨스트를 타고 일본으로 가야만 했다.

시골 정거장 같은 김포 공항은 처음 비행기를 타보는 사람들에겐 그나마도 경이로운 것이었고 외국인과 외국어로 쓰여진 간판이나 표지판들만 보아도 가슴이 울렁거렸다.

독일로 가는 간호원들을 태운 비행기는 순식간에 그들을 하네다 공항에 내려놓았다.

「아리가토 고자이 마수」

「하이 도모」

감사합니다, 고맙습니다를 밀어낸 일본말들이 귀를 간지럽힐 때, 그들은 비로소 자신들이 낯선땅에 발을 내렸다는 것을 실감했다. 그때 그들은 서로가 뗄레야 뗄 수 없는 동포라는 것을 느꼈고 한 핏줄 한 형제라는 것을 느꼈다. 브리티시, 노스 웨스트, 캐나다에얼라인, 자알의 물결 속에서 서로 떨어지면 미아가 된다는 두려움과 오한을 그들은 함께 느끼기 시작했다.

일본은 잘 사는 나라임이 화장실에서부터 나타났다. 흐르는 개여울이나 쭈그러진 양은세숫대야에 세수를 하던 이들에게 토토세면기와 거울과 화장지와 비누가 잘 정돈된 화장실의 분위기는 그것이 화장실이 아니라 값비싼 여사(旅舍)나 호텔 쯤으로 착각하게 만들었다.

지금까지 외워온 반공방일의 구호가 무색해지기 시작했다. 아카시아 뿌리 같아서 일본은 싫다던 한국의 한 늙은 정치 지도자의 통치 이념이 아직도 가슴 한 구석에 또아리를 틀고 있는 이들에게 현지에 발을 내려서 본 일본의 모습은 너무도 화려하고 친절한 것이어서 이들의 분별력은 완전히 갈라진 유리그릇이 되었다.

그날 금란은 현승을 만나러 삼십리를 걸어 읍내로 갔다. 학교로 찾아가니 학교는 썰렁하게 비어 있었고 교문에는 〈재일교포 북송반대〉라는 구호가 여기저기 붙어 있었다. 문방구에 들어가 물으니 학생들은 모두 극장 앞 광장에서 있을 북송반대 데모에 참가했을 거라고 대답했다.

금란이 찾아간 광장에는 검은 교복을 입은 학생들이 가마귀떼처럼 모여 있었다. 학생들은 스크럼을 짜고 물밀 듯 밀려들고 대열의 앞에는 기수(旗手)와 악대(樂隊)가 기세등등하게 들어오고 있었다.

여기저기 호각 소리가 요란하고 경찰들은 사이카를 타고 군중을 옹위하고 있었다. 읍장의 취지문이 낭독되고 김일성과 일본수상에게 보내는 메시지가 낭독되더니 얼굴이 상기된 한 학생이 단 위에 올라와,

—우리는 재일교포 북송을 결사코 반대한다. 우리의 호소를 듣는다면 김일성은 각성하고 일본은 재일교포 북송을 즉각 중지하라—

고 외치더니 갑자기 가슴 속에서 흰 천을 꺼내 거기에 혈서를 썼다. 그는 대중 앞에서 손가락을 물어 뜯어 흐르는 붉은 피로 〈북송 반대〉라는 글자를 썼다.

군중들은 숙연해졌고 그것을 바라보는 사람들은 소름을 끼쳤다.

금란은 그 광경을 보면서 정신이 아득해졌다. 저 학생이 만일 현승 씨라면 어떻게 할 것인가?

북송은 왜 하려는 것이며 우리는 왜 그것을 반대해야 하는가? 여기서 북송반대 시위를 한 대서 북에서 그것을 들은 체나 할 것인가? 전국에서 저같은 시위가 벌어지는 것은 어떤 정치적인 목적이 깔려 있는 것은 아닌가?

그런 생각을 하며 금란은 군중의 뒷편에 서 있었는데 그때 뒤에서 어깨를 잡아당기는 사람이 있었다. 현승이었다. 현승은 금란을 끌다시피하여 대열의 뒤쪽으로 빠져나왔다.

「란이, 여기는 왜 왔어, 여기는 금란이 올 곳이 아니야」

금란은 아무 말없이 현승의 얼굴을 바라보았다. 현승에게 아무 일도

없다는 것만으로도 금란으로서는 다행스러운 일이었다.

「란이, 어서 돌아가요, 토요일에 내가 갈테니」

그리하여 삼십리를 다시 걸어 집으로 돌아온 기억이 떠올랐다. 그녀가 알고 있는 일본이란 기껏 그런 사적인 추억에 얽매인 것이어서 그녀로서는 더 이상의 일본을 상상할 힘이 없었다.

일행은 도쿄에서 이틀을 더 머물렀다. 홍콩으로 갈 에어프랑스를 기다리는 시간이었다.

이들은 도쿄 근교 한 작은 호텔에서 여행 가방도 풀지 못한 채 이틀을 보내야 했다. 그들은 몇몇이서 짝을 지어 애도천(江戸川)과 우에노(上野) 공원을 걷고 긴자(銀座)나 신주쿠(新宿) 거리를 걸었다. 그들이 걷는 길과 거리는 밟아도 깨어지지 않는 수정의 길이었고 꽃피지 않아도 꽃으로 단장된 화원의 거리였다.

어디를 둘러 보아도 주름살 하나 없는 거리와 집들은 하나같이 인공의 정원이었고 가꾸고 다듬은 정원수와 가로수들은 눈부신 간판들과 화장한 빌딩 속에서 모두들 깔깔거리고 웃는 여인같이 화사하고 경박했다.

마치 은화같이 반짝거리는 도쿄의 집과 거리들은 사람의 욕망을 쉽게 충족시키며 사람의 힘에 의해 쉽사리 이곳 저곳으로 옮아갈 수 있는 장난감 도시 같았다.

비행기에서 내려다 본 도시는 마치 개미 굴 같았지만 도쿄는 그 개미 굴 속에서도 투명하고 흰 알을 품고 있는, 꿀과 먹이로 가득찬 여왕 개미의 굴이었다. 얼마나 많은 일개미들이 부지런히 먹이를 물어 날라서 이곳을 이처럼 윤택하고 풍윤한 도시로 만들어 놓았을까? 얼마나 익애에 빠진 사람들이 제 자식 가꾸듯 손질하고 다듬어서 이 도시를 이처럼 매끄럽고 반질반질한 인공도시로 만들어 놓았을까?

그들이 우리나라 보다 잘 산다는 이유만으로, 그들의 야욕이 바다를 건너와 우리나라를 짓밟고 유린했다는 이유만으로 그들을 미워하기엔 그들의 투명한 속과 그들의 친절과 그들의 풍윤이 어린 이방인들에게 쉽사리 납득을 허락하지 않았다.

그들이 이만큼 잘 사는 데는 그만한 이유가 있을 것이지만 그것이 무엇인가를 아는 데는 금란이 가진 지식으로는 닿지 않는 데가 너무도 많았다.

일행 가운데는 일본 말을 가까스로나마 알아듣는 사람이 있었다. 아버지가 재일교포였지만 지금은 한국으로 돌아와 산다는 아가씨였다. 그녀가 통역해 준 이야기는 이랬다.

호텔이랬자 여관에 불과한 조그만 이 호텔의 주인 할아버지는 어제 네 살 먹는 손자를 데리고 나라(奈良)에 있는 동대사(東大寺) 국립공원을 다녀왔다. 동대사 앞 잔디밭과 길에는 수백 마리의 사슴이 방목되고 있어 이곳을 지나는 사람들의 옷소매를 잡아 당기며 먹이를 달라고 따라다닌다. 순한 사슴들은 아이들과 함께 놀기도 하고 아이가 머리를 쓰다듬어도 달아나거나 아이를 해치지 않아 아이들과 곧 친구가 된다. 네 살 바기 손자는 사슴과 친구가 되어 놀다가 저물녘이 되어 '이제 그만 집으로 돌아가자'는 할아버지의 재촉에 울먹이면서 집으로 돌아온다. 할아버지는 칭얼대는 손자에게, 내일 모래 한 번 더 오자는 회유로 가까스로 손자를 데리고 온 것이다. 손자는 돌아온 뒤부터는 과자나 바나나를 주어도 먹지 않고 광주리에 그것을 채곡채곡 담아 둔다. 할아버지가 손자에게 '왜 그것을 먹지 않고 광주리에 담아 두기만 하느냐'고 묻는다. 손자는 '친구 사슴이 배고플까봐 그에게 갖다 주려고 과자를 먹지 않고 광주리에 쌓아둔다' 고 대답한다. 할아버지는 그제서야 공원에서 돌아올 때 손자에게 한 약속을 떠올리고 그것이 거짓이 되지 않게 하기 위해 내일 다시 동대사로 여행을 간다는 것이다.

금란은 호텔 입구에 있는 할아버지의 방에 가서 할아버지의 분주한 여행 가방 챙기는 모습을 보았다. 할아버지 곁에서 할머니는 단무지와 계란을 썰어 넣어 김밥을 말고 있었다.

그것이구나, 어저께 갔다온 천리길의 여행을, 손자와의 약속을 지키기 위해 다시 떠날 준비를 하고 있는 것, 그것이 이 나라 아이들에게 살아 움직이는 힘을 길러 주는 끈이요 채찍이구나!
철저히 어른 중심의 나라, 할아버지 상 위에 놓인 반찬에 수저를 대서는 안된다는 것을 계율로 알고 살아온 나라, 어른 앞에서는 기침소리도 크게 내어서는 안된다는 가부장적 질서를 존숭하는 나라, 계집아이로 태어났다는 이유로 태어난 지 사흘이 넘도록 거적대기에 싸여 방 구둘목에 방치되었던 자신의 운명, 그런 것을 생각하면 지금의 할아버지와 손자의 대화는 금란의 뇌리를 세차게 흔들고 가는 회오리바람이 되기에 충분했다.
금란은 단장된 도쿄의 빌딩들과 거리들을 바라보면서 자신으로서는 가당치도 않은 문명비평적인 생각이 들끓어 오름을 놀랍게 바라보았다.

이튿날 아침, 호텔을 나서 공항으로 갈 때는 비가 추적거렸다.
일행을 태운 공항 버스가 중심가를 벗어나 공항 쪽으로 접어들자 학교로 가는 꼬마들의 행렬이 눈에 들어왔다.

아이들은 비 속에서도

모두 일렬 횡대로 줄을 서서 걷고 있었고

그들은 일색으로 노란 우산을 쓰고 있었다.

길을 메운 노란 우산의 대열은

마치 공원 울타리에 피어난 개나리꽃밭을 연상시켰다.

아이들은 비 속에서도 모두 일렬 횡대로 줄을 서서 걷고 있었고 그들은 일색으로 노란 우산을 쓰고 있었다.

길을 메운 노란 우산의 대열은 마치 공원 울타리에 피어난 개나리꽃밭을 연상시켰다. 그들은 우산 뿐만 아니라 스타킹과 란도셀까지도 통일된 규격과 색깔을 사용한다고 했다. 아이들의 우산 색깔과 스타킹 색깔까지도 통일해야 직성이 풀리는 이들의 지향은 과연 전체주의적인 발상인가? 아니면 조화와 질서를 존중하고 일체화의 감각을 덕목으로 아는 아름다운 선민의식의 발상인가?

그것이 제국주의적인 발상이라면 나는 지금 그보다 더한 제국주의 나라로 가고 있는 것이고 그것이 조화와 질서를 존중하는 선민의 감각이라면 나는 지금 그에 못지않은 선민의 나라로 가고 있는 것이 아닌가.

김포를 이륙할 때 발 밑에 깔리는 산하는 울고 있었는데 하네다를 이륙할 때 발 밑에 깔리는 도시는 요염한 웃음을 날리고 있었다. 남은 여정 속의 어느 곳을 간다해도 이제 내 이름 불러줄 반가운 사람 없지만 그래도 내가 선택한 길이기에 나는 주저하지 말고 그 길을 가야한다. 그 길만이 이제 내 앞에 남아 있는 유일한 길이고 운명이다. 부서지고 파멸한다 해도 이제는 맞서 싸우고 뛰어드는 길밖에 다른 길은 없다. 가슴 속에 차오르는 이 불안함과 두려움이 웃음과 노래가 되는 날까지 나는 적수공권으로 거칠고 험한 긴 여정과 싸우리라.

금란은 구름 속을 뚫고 올라 비행기가 다시 햇빛 속에서 날개의 평형을 잡을 때까지 그런 생각을 짓이기면서 남쪽으로 향하는 비행기의 동체에 작은 몸을 맡기고 있었다.

알프스에서 흘린 눈물

여정은 비행기 사정으로 홍콩에서 하루를 더 지체해야만 했다. 홍콩은 도쿄 근교와는 또 다른 풍경들이 눈에 들어왔다. 보이는 사람들은 대부분이 중국인인데 거리는 서양풍이었고 상점들과 간판들은 영어로 되어 있는 것이 처음 이곳을 와보는 사람들의 눈을 끄는 풍경이었다. 길마다 홍콩 플라워를 든 아가씨들이 상냥한 웃음을 날리며 꽃을 팔러 다니는 모습이 눈에 들어왔고 비좁은 거리에 모로 세운 성냥갑 같은 건물들이 바다에 발을 담그고 있는 모습들이 눈에 들어왔다.

국고에서 제공된 호텔방과 식사들로 지내는 한국인 간호원들은 시시각각 달라지는 눈 앞의 광경들에 넋이 나간 채 서로들 말이 없었다. 함께 서독으로 파견되는 간호원들은 열다섯명이었지만 그들은 하나같이 낯설고 긴 여행과 처음 만나는 이국 풍경들에 기가 질려있는 모습들이었다.

이들은 하네다에서 홍콩까지 타고 온 브리티시에얼라인을 버리고 에어프랑스로 갈아 탔다. 금란은 홍콩에서부터 한 영국인 부인과 자리를 같이 했는데 그 부인은 매우 친절했기 때문에 처음에 가진 이국인에 대한 공포 같은 것에서 머지않아 벗어날 수 있었다. 부인은 가끔 독일말도 섞어 쓰면서 여러 여행지와 여행지들의 특성을 소개해 주기도 했다.

부인은 한국인 처녀들이 간호원을 하러 독일로 가고 있다는 사실과 한국은 아시아 대륙의 맨 끝에 붙어 있는, 오랫동안 중국의 재배를 받아왔던 조그만 반도라는 사실, 그리고 6.25라는 전쟁을 겪은 분단된 나라라는 것 등을 알고 있었다. 대화는 주로 영어로 했고 그것도 주로 핵심어들만으로 주고받는 대화였지만 몇 개의 단어만으로도 이국인 끼리의 대화가 가능하다는 것을 알고 금란은 신기해 했다.

비행기는 방콕을 거쳐 카라치로, 카라치를 거쳐 랑군, 테헤란으로 날고 있었다. 영국인 부인이 없었다면 공항에 기착하고서도 거기가 어디인지 몰랐을 것이지만 부인은 그때마다 그곳에 대한 설명을 자세하게 해 주었다. 기착지가 몹시 덥고 잎넓은 야자나무들이 서 있는 것을 보고 거기가 남국의 어디쯤이라는 것을 느끼고 있긴 했지만 정작 거기가 어느 나라 어느 도시인가는 부인의 설명이 아니면 알 수가 없었다.

테헤란에서 영국인 부인은 내렸다. 부인은 금란에게 마치 오래 사귄 친구에게 하는 것처럼 부드럽고 큰 손으로 금란의 손을 쥐고 흔들면서 석별의 인사를 했다. 금란도 몹시 서운한 표정으로 부인에게 잘 가라고 인사했다.

기내에는 먼 여행에 지친 사람들이 졸거나 바깥을 내다 보며 생각에 잠겨 있었다.

그때 갑자기 기내가 수런거리기 시작했다. 무슨 일인가 하고 사방을

둘러보니 사람들이 망원경을 꺼내 창문 곁으로 몰리고 있는 것이 보였
다.

비행기는 속력을 약간 늦추는 듯했고 창문 곁에서는,

「야, 알프스다. 정상이 보인다」

「저것이 만년설이구나」

하는 탄성이 들려왔다. 기내의 스크린에는 그야말로 해발 만 이천피
트, 눈에 덮인 알프스의 위용이 사진과 자막을 통해 상영되고 있었다.

금란도 친구와 함께 창문 곁으로 가 보았다. 육안으로는 알프스의
정상이나 만년설이 선명히 들어오지는 않았지만 마침 곁에 있는 프랑
스인이 그가 가지고 있던 망원경을 빌려주어 그들은 눈쌓인 알프스의
장엄한 모습을 똑똑히 볼 수 있었다.

그러나 금란으로서는 그것이 큰 감명으로 다가오지는 않았다. 그것
은 다만 하나의 거대한 산일 뿐이었고 수많은 산 것들이 거기에서 목숨
을 버려도 눈 하나 깜짝하지 않을 비정한 암벽의 물체일 뿐이었다.

영국인 부인이 내리고 난 뒤부터는 갈아타는 손님이 없어 옆자리는
비어 있었다. 파리까지는 금란은 줄곧 혼자였다. 창가에 가서 알프스를
보고 자리에 돌아와 금란은 의자에 몸을 기댔다.

유럽의 지붕, 알프스를 넘었다는 느낌과 함께 이제는 돌아갈래야 돌
아갈 수 없는 지구의 반대켠에 자신이 와 있다는 느낌이 바위의 무게로
자신을 눌렀다. 그러자 자신이 겨자씨만큼 왜소하다는 느낌이 밀려들
었고 자신의 육신이 한 점 먼지에 불과하다는 느낌이 뇌리를 스치고 지
나갔다. 갑자기 가슴 밑바닥에서 서러움이 해일처럼 일기 시작했다.

알프스, 이 산맥을 너머 나는 어디로 가고 있는가? 내일은, 미래는

분명히 나에게 준비되어 있는가? 이 산맥을 너머 나는 지금 프랑스로
가고 있지만, 그리고 프랑스에서는 다시 비행기를 갈아 타고 서독으로
간다고 하지만 지금 가는 이 길을 나는 다시 돌아올 수 있을 것인가?
지금 이후에도 나는 내 운명을 좌우할 수 있을 것인가? 혹은 내 운명을
나 아닌 다른 사람이 조종하고 있는 것은 아닌가? 그렇다면, 잘 살아보
겠다고, 운명을 개척해 보겠다고, 뛰어든 이 길은 과연 나에게 무엇이
란 말인가?

　그런 생각을 하고 있는 그녀에게 김포를 출발한 이후, 공항 우체통
에 편지 한 장을 떨어뜨린 이후에 너무도 급격히 변하는 바깥 풍경 때
문에 까맣게 잊고 있었던 현승의 생각이 불현듯 솟아 났다.

　현승씨는 지금 무얼 하고 있을까? 아직도 터진 손등을 작업복에 문
지르며 식기를 닦고 총기를 만지고 있을까? 작업화를 신고 연병장을
내닫고 있을까? 홍규 오빠의 전화를 받고 충격으로 쓰러지지나 않았을
까? 혹 몸이 아픈 것이나 아닐까? 한 마디 상의도 없이 떠나와버린 나
때문에 철조망 가에 혼자 서서 눈물을 흘리고 있지나 않을까? 나는 그
에게 왜 기쁨을 주지 못하고 슬픔만 주는 길을 택했는가? 계약 기간 삼
년만에 과연 나는 내 운명을 바꿀 수 있는 전기를 마련할 수 있을까?
그리하여 현승씨와 내가 남처럼, 부러움과 모자람 없는 윤택한 삶을 누
릴 수 있는 터전을 과연 마련할 수 있을까? 그렇지 못하다면 나는 지금
무엇을 위해, 어디로 가고 있는 것인가? 남편을 여의고 여자의 몸으로
혼자서 과수원 농사를 지어야 하는 어머니를 누구가 도울 것인가? 사
과나무에 물대기며 농약 치기며 전지하는 일들은 누구가 한단 말인가?
어머니와 현승씨, 내 발목과 팔소매를 끌어당기는 사람들의 이름을 나

는 한시라도 잊을 수 있을 것인가?

그런 생각을 하고 있는 금란의 눈에는 어느새 눈물이 흘렀다. 사람들은 모두 피곤한 몸을 의자에 기대고 지친 눈을 감고 있었다. 가끔 마주치는 낯선 사람들의 눈길에 자신의 젖은 눈을 보이지 않으려고 금란은 비행기 의자 포켓에 든 여행 안내서를 끄집어 내어 무릎 위에 놓고 그것을 보는 척 했다. 그것을 보는 동안 여행 안내서 위에 눈물이 툭— 하고 떨어졌다. 떨어진 눈물을 보니 새삼스레 서러움이 북받쳐 올라 견딜 수가 없었다. 현승과 어머니의 얼굴이 교차되면서 가슴엔 폭풍이 밀려왔고 지금까지 어디에 숨어 있었던지도 모를 슬픔이 눈물의 홍수가 되어 종이를 적셨다. 참으려 해도 참을 수 없는 눈물이었고 억제하려면 더욱 서러움이 되는 눈물이었다. 자신의 힘으로는 제어할 수 없는 서러움을 억제할 길이 없어 금란은 가슴을 풀어놓고 실컷 울었다.

「메이 아이 헬프 유?」

여자 안내원이 묻지 않았다면 몇 시간이 지나도 눈물은 그치지 않았을 지 몰랐다. 금란은 그저 괜찮다고 손을 흔들어 보였다.

「금란씨, 몸이 불편한가 봐요? 이걸 좀 마셔봐요」

건너 편에 있던 김순분이라는 동행의 간호원이 커피를 한 잔 건네면서 말했다. 금란은 커피를 받아들면서 가까스로 웃음을 띄웠다.

「고마와요, 몸이 좀 불편했는데 이젠 괜찮아요」

「다행이군요, 조심하세요, 그런데 금란씨는 어디로 계약되었나요?」

「베를린이예요」

「베를린, 저도 베를린인데요, 함께 가면 되겠군요」

순분은 이외의 동행자를 발견하고 기뻐했다. 파리에서는 한 시간 정도 머물렀고 곧 비행기는 푸랑크푸르트로 날았다. 푸랑크푸르트에서

베를린까지는 버스를 탔다.

수많은 바로크식 건물들과 기념탑과 수목이 울창한 도로와 트레일러를 꽁무니에 단 폴크스바겐 자동차들과 단장된 가옥들, 꽃밭들을 지나 물 뿌리지 않는 스프링 쿨러가 서있는, 가도가도 끝이 없는 들판을 가로 질러 버스가 네 시간을 달렸을 때 지금까지와는 달리 우중충한 거리와 어두운 지붕들이 숙연하게 서있는 도시가 나타났다. 한 눈으로 보아도 공포와 죽음이 지나간 도시임을 알 수 있었다.

여기가 베를린이구나!

열 다섯명의 간호원 중 여덟 사람은 푸랑크푸르트에서 떨어져 나가고 일곱 사람만이 베를린으로 가는 길이었지만 금란은 알프스를 지날 때 알게 된 순분과 줄곧 자리를 같이하게 돼 쓸쓸함과 두려움은 전보다 크지 않았다.

베를린은 독일의 한 도시라기 보다는 베를린이라는 독립된 한 국가처럼 보였다. 베를린 입구에서는 한 무장한 병사가 차를 세우고 차 안을 점검하면서 오래 차를 그 자리에 세워두기도 했고 승객 몇 사람은 신분증을 키 큰 병사에게 내보이며 신문을 받는 것이 보였다.

일곱 사람의 간호원들은 이미 입국사증에 한국에서 파견된 지원 간호원이라는 증명이 붙어 있었기 때문에 별도의 조사는 받지 않았다. 차가 베를린 시내로 깊숙히 파고 들어갈수록 시가지는 더욱 어둠침침한 느낌이었고 낡고 깨어진 벽돌 건물들은 푸랑크푸르트를 지나 오면서 본 것과는 달리 전혀 손질이 되지 않은 채 방치되어 있는 것이 보였다.

「금란씨, 꼭 우리나라 휴전선에 들어서고 있는 것 같죠?」

순분은 작은 소리로 말했다.

「휴전선까지는 안가 봤지만 꼭 우리나라의 어느 군사지역을 지나고 있는 느낌이군요」

금란은 휴전선을 가 본 일이 없어서 지난 번 현승을 면회하러 원주에 가 본 경험을 떠올리며 그렇게 말했다.

「군사도시엔 가 보았어요?」

「네, 꼭 한 번」

「어디에요?」

「강원도 원주였어요」

「면회를 갔었겠군요?」

「네—」

그들의 대화는 거기서 끊어졌지만 잠시 후에 순분이 다시 금란의 팔을 치며 급하게 말했다.

「금란씨, 저것 보세요」

순분이 가리키는 것을 보니 십층이 넘는 장엄한 벽돌 건물이 그 위용에도 불구하고 이제는 기진한 모습으로 추레하게 서있고 건물 벽에는 총탄 흔적이 여기저기 숭숭 뚫려 있는 것이 보였다.

「독일 사람들은 왜 저런 흔적을 빨리 지우지 않고 그대로 둘까요?」

금란과 순분은 동시에 물었고 동시에 터져나온 질문으로 인해 함께 웃었다.

그들은 베를린의 우울한 거리와 고풍스런 건물들의 벽에 뚫려있는 탄흔을 보며 스스로 우울해지는 자신을 보고 있었다. 한국에서도 전쟁의 상흔인 저런 탄흔을 본 적이 없는데 독일까지 와서 저런 모습을 보다니, 그들은 서로의 눈을 처다보며 얼굴이 굳어졌다.

잘못 온 건 아닐까?

여기서 삼년을 지낸다는 것은 너무 혹독한 시달림 속에서 사는 것은 아닐까? 그들은 말은 하지 않았으나 마음 속을 불어가는 일말의 불안을 감출 수가 없었다.

파괴와 상흔으로 얼룩진 고도(古都)에 황혼이 내리고 있었다. 황혼의 모습은 어디서나 비슷한 색깔을 띠고 건물과 수목들을 적시고 있었고 거리를 지나는 사람들의 발길에서는 어딘가 다급해 보이는 빛이 역력했다. 이 황혼 속에서 누구의 힘에 의해서인지도 모르고 밀려온 이방인들은 닥쳐오는 운명을 감당할 아무런 준비도 갖추지 못한 채 험상궂고 서툰 도시의 한복판으로 잠수되고 있었다. 그들은 또 하루를 낡은 호텔에서 묵게 되었지만 갈수록 조여오는 긴장감에서 풀려날 길이 없었다.

베를린은 네 개의 지구로 분할되어 있었다. 동쪽으로는 소련 지구로 동베를린이고 북쪽은 프랑스 지구, 서쪽은 영국 지구, 남쪽은 미국 지구로 소련지구를 제외한 나머지 세 개의 지구를 합쳐 서베를린으로 부르고 있었다.

금란이 계약된 병원은 미국지구로 서베를린 12번가에 있는 그다지 크지 않은 병원이었다. 호텔에서 하룻밤을 새우고 난 이튿날 아홉시에 이들은 자기가 배치받은 병원으로 헤어져 갔다. 순분과 금란은 또 한번 같은 병원으로 가는 행운을 맞이했다. 순분은 흉부외과에, 금란은 내과에 근무하게 되어 그들의 근무는 층만 다를 뿐이었다. 그들은 담쟁이가 벽을 감싸고 있는 남쪽으로 창을 단 기숙사에 들었다.

근무는 한국에서 보다 수월했지만 그러나 의료기구와 약품 이름을 익히는 데만도 한 달이 걸렸고 의사의 처방전이 독일어로 떨어지기 때문에 그 메모 쪽지 익히는 데만도 또 한 달이 걸렸다. 그 두 달 동안은 긴장의 연속이었고 그런 의약품과 간단한 처방전을 익히기 위해 금란과 순분은 서로의 방을 찾아가 이마를 맞대기도 했다.

한국 가곡을 듣는 시간은 행복했다.

거기서 듣는 노래말 하나하나는

수천 수만의 갈래로 파문 지어져

가슴 속에 물결을 일게 했고

그 물결은 산을 넘고 바다를 건너

어언 고향의 거리와 집들을 향해 동풍처럼 달렸다.

한국의 간호원들은 인기가 있었다. 그들의 성실함과 꼼꼼함이 독일인 의사들이나 환자들에게 좋은 인상을 남긴 것이다.

기숙사는 그리 깨끗하지는 않았지만 혼자 지내기에는 불편함이 없었다. 텔레비젼과 개인 전화, 침대, 냉장고, 냉온수가 함께 나오는 욕탕과 샤워실, 그것만으로도 그것은 한국에서는 상상도 못하는 시설이었다. 그들은 혼자 있는 밤에는 서로 전화를 걸어 이야기도 하고 때로는 서로의 방을 찾아가 한국에서 가져온 가곡들을 포터블을 통해 듣기도 했다.

한국 가곡을 듣는 시간은 행복했다. 거리에 나가면 귀를 곤두세워야 하는 이국 말과 에테르 냄새에 절인 병실 복도를 손수레를 밀거나 링겔병을 들고 바쁘게 오가는 생활에서 커튼 내린 방으로 돌아와 고국의 노래를 듣는다는 것은 그것처럼 그들에게 위로를 주는 것은 없었다.

거기서 듣는 노래말 하나하나는 수천 수만의 갈래로 파문 지어져 가슴 속에 물결을 일게 했고 그 물결은 산을 넘고 바다를 건너 어언 고향의 거리와 집들을 향해 동풍처럼 달렸다.

「가고파」를 듣다가 그들은 부둥켜 안고 울었다. 「고향생각」을 들으며 손수건을 적신 적이 한두번이 아니었다. 그랬을 때 순분과 금란은 친구이자 형제였고 자매이자 애인이었다.

반 년이 그렇게 해서 물 흐르듯 흘렀다.

순분은 독일어를 배워 대학에 진학하자고 금란에게 수없이 말했지만 금란은 선뜻 용단을 내리지 못했다. 금란으로서는 자신이 대학에 진학하는 것 보다 어머니와 현승을 위해 저축하는 것이 더 중요한 일로만 생각되었다. 금란이 망설이는 동안 순분은 독일어를 배우기 위해 괴테 인스티튜트에 나갔고 그때부터 다시 한 번 금란에게 갈등이 왔지만 그러나 그녀로서는 자신의 대학 진학보다 현승을 이리로 오게 하는 것이 더 급한 일로만 생각되었다.

184

베를린의 밤은 깊어

베를린에 온 지 육개월이 지나도록 금란은 시내엘 나가 보지 못했다. 그러다가 다음 해 여름에야 순분과 함께 쿠담 거리와 티이르가르텐 야외 음악당과 반제호(湖)의 수영장을 가 보았다. 쿠담 거리에는 사람들의 물결이 넘실대고 군데군데 노천 카페에서 얇은 여름옷을 입은, 피부가 윤택한 사람들이 노천 카페에 앉아 음악을 듣거나 그림을 보면서 차를 마시는 모습들이 환상처럼 눈에 들어왔다. 야외 음악당에는 입장료를 받지 않는 음악회가 온종일 열리고 거기서 연주되는 경쾌하고 감미로운 음악들은 지나가는 사람들의 발을 멈추게 했다.

녹색의 그리네발트 언덕과 숲길에는 노루와 사슴들이 뛰어다니고 흰 가슴을 열고 누워있는 반제 호수에는 물오리와 원앙들이 짝을 지어 떠다니고 있었다.

여름 주말은 분단 베를린에도 휴식과 음악과 산책과 낭만을 마련해 주고 있었다. 바다가 없는 베를린의 여름은 비만한 도시 사람들을 호수와 강으로 유인했고 카페는 시민들의 더위를 식혀주느라 분수와 음악을 지붕 위로 날려보내고 있었다.

그들이 집으로 돌아오는 시간은 어언 저물녘, 거기에도 저녁놀은 붉게 피어 산과 나무들을 물들이고 있었다.

「독일 사람들은 참 이상하죠?」

금란이 순분에게 물었다.

「왜요?」

「어떻게 한 도시에 철조망과 콘크리트 장벽을 두고 저렇게 태연하고 방자한 거리와 유원지와 피서지를 가꿀 수 있을까요?」

「그래요, 그러나 그들은 또한 라인강의 기적을 일궜잖아요」

「그러면 어느 것이 그들의 참된 얼굴일까요?」

「미국은 몇 사람의 엘리트가 미국이라는 거대한 나라를 이끌지만 독일은 독일인 전체가 독일을 이끈다고 하잖아요. 적당한 휴식과 땀 밴 노동, 그것이 독일인들의 특성이자 얼굴인지도 모르죠」

「그렇겠군요」

「이차대전 때 베를린은 연합군이 퍼붓는 칠만톤 이상의 폭탄 세례를 받았다잖아요, 그 때 베를린 시가의 절반 이상의 건물과 가옥들이 파손되었거나 불탔대요. 베를린의 분할은 나치즘의 재생을 영원히 차단시키기 위한 연합국 측의 의도적인 처사였지만 미국과 소련은 독일과 베를린을 절반으로 갈라놓고도 천구백육십일년에 와서는 지금의 부란덴부르크 문을 경계로 하여 동서 양쪽으로 장벽을 쌓고 철조망을 쳤대요, 그러니까 우리가 있는 이 병원은 어쩌면 동서독 최전선인지도 몰라요」

「전선을 두고도 이렇게 발전한 독일을 두고 사람들은 라인강의 기적이라고 말하는가 보죠? 독일 사람들은 성냥 한 개피를 켜서 세 사람이 함께 쓴다고 하잖아요」

「그래요, 그러니까 이들이 독일 국가주의라는 것을 고안해 내기까지 한 것이겠지요」

그런 이야기들을 하면서 그들은 기숙사에 도착했다.

금란은 낮의 외출로 인해 가지 못한 성당의 주말 예배를 위해 밤 예배에 참석했다.

성당은 기숙사에서 가까운 시프레 강 서안에 있었다. 자작나무로 둘러싸인 성당은 중세의 권위와 화려함을 자랑하는 고딕풍의 장중함을 지니고 있었지만 낡고 고풍한 모습은 어딘지 모르게 게르만인들의 고집스럽고 완고한, 고답적인 기풍을 지니고 있었다.

금란은 이 성당에 올 때마다 고향의 교회를 떠올렸다. 그러나 시골 교회와는 달리 너무도 잘 닦인 유리창과 마루 바닥, 너무도 화려한 벽과 천장의 성화들은 을씨년스럽기만 했던 시골 교회의 모습을 밀어내기가 일쑤였다.

미사 시간에는 사오백명의 신도들이 몰려왔는데 그 가운데서 동양인의 얼굴을 발견하기는 쉽지 않았다. 스투트가르트 출신인 하인리히 신부는 나이가 칠순에 가까웠다. 그는 중 키에 얼굴이 희고 턱이 빠른, 동양형의 얼굴이었다. 금란은 하인리히 신부의 동양적인 체취 때문에 그에게 친근감을 가지게 되었고 그를 존경했다.

지난 주말에는 미사를 마치고 난 뒤 신부가 금란에게 다가와 미소를 띠며 느린 말로 말했다.

「일본서 왔소?」

「아닙니다. 코리아에서 왔습니다」

금란은 이 성당에 올 때마다

고향의 교회를 떠올렸다.

그러나 시골 교회와는 달리

너무도 잘 닦인 유리창과 마루 바닥,

너무도 화려한 벽과 천장의 성화들은

을씨년스럽기만 했던

시골 교회의 모습을 밀어내기가 일쑤였다.

「오, 코리아, 멀리서 왔구만, 무슨 일을 하고 있소?」

「간호원입니다」

「좋은 일을 하고 있군, 훌륭한 교우가 되세요」

신부는 크고 넓은 손을 내밀어 금란에게 악수를 했다. 금란은 얼굴을 들지 않고 신부의 손을 잠시 잡았다 놓았다. 손의 감촉은 부드러웠고 자애로웠다.

—다음 주에는 저 신부님을 찾아 뵙고 내 마음 속의 고뇌를 털어 놓아야지. 그리고 내 앞길과 앞으로의 독일 생활의 지침을 얻어야지—

그런 생각을 하며 금란은 신부의 집무실과 평소의 거처를 알아두었다.

그리고 그 다음 주에 미사를 끝낸 즉시 금란은 신부의 뒤를 따라 신부의 집무실로 갔다. 신부의 집무실은 성당의 남쪽 마루 끝에 있는 목조 가옥이었는데 현관을 들어서면 긴 복도가 있고 복도 끝에 여러 개의 방이 있어 그 중앙에 있는 방이 하인리히 신부의 방이었다.

집무실에는 둥근 탁자 하나와 소파가 있었고 그 곁에 다탁이 있는 아주 간소한 꾸밈새를 가진 방이었다. 금란이 노크를 하자 신부가 손수 문을 열어주었다.

지난 주 얼굴을 익힌 이 동양인 신도의 갑작스런 방문에 신부는 놀라운 표정을 지으면서도 반가워 했다. 신부는 다탁 위에 있는 찻잔을 들어 자스민 차를 금란에게 따라 주면서 긴장한 빛이 역력한 금란을 안심시키려고 웃음을 띠며 물었다.

「베를린에는 언제 왔나요?」

「일년 전에 왔습니다」

「일년이라, 고향 생각이 많이 나겠군요」

「예―」

「나한테 하고 싶은 이야기가 있소?」

「예, 신부님」

「얘기 하세요」

「신부님, 저에겐 한국에 남아 있는 약혼자가 있습니다. 지금은 군 복무를 하고 있지만 내년 여름 쯤엔 제대를 합니다」

「오, 그렇군요, 한국도 우리와 같이 분단된 나라지요?」

「예, 그런데 신부님, 저의 약혼자를 독일로 오게 하는 방법은 없을까요?」

「왜 없겠어요, 있겠지요, 그러나 그것에 대해 내가 아는 바가 별로 없으니, 한국 대사관에 문의해 보도록 하는 게 어떻겠소」

「대사관이 어디에 있는지, 누구를 찾아가야 하는지를 모르는데 어떻게 하면 될까요?」

「그렇다면 내가 차를 내어 줄테니 우리 신도 한 사람과 같이 가 보세요. 병원의 쉬는 날을 택해서 전화를 주세요. 그러면 내가 주선해 놓을께」

「고맙습니다, 신부님」

금란은 신부의 방을 나와 기숙사로 왔다. 병원의 쉬는 날은 다음 수요일 오전이니 화요일 쯤 신부님에게 전화를 드려야지, 그렇게 생각하는 금란은 그때부터 마음의 기쁨을 얻었다. 그리고 그 날부터 금란은 현승을 독일로 오게하는 꿈에 부풀었다.

―돌아갈 때 돌아가더라도 그 이를 이리로 오게 해야지,

―그 이가 공부를 더 하겠다면 내가 저축한 돈으로 그 이의 공부를 시켜드려야지, 그렇게 하 는 것이 나의 꿈을 이루는 길이니까,

190

금란은 그런 생각으로 며칠을 들떠 있었다. 화요일에는 수간호원에게 말해 내일 오전에는 좀 쉬겠다고 하고, 신부에게 전화를 했다.

이튿날 오전, 금란은 신부님이 내어 주는 차를 타고 대사관으로 갔다. 금란은 한국 대사관에 와서야 비로소 한국 사람을 만날 수 있었고 한국말을 쓸 수 있었다.

― 모국어

그것처럼 마음 편하고 안락한 말이 없었다. 이십수년을 말을 하고 살아왔으면서도 모국어의 편암함과 안락함을 이렇게 절실하게 느낀 적은 한 번도 없었다. 아니 그럴만한 기회가 없었다. 금란은 아무라도 붙들고 무슨 말이라도 끝없이 하고싶은 충동을 느꼈다. 그러나 금란의 마음과는 달리 대사관 직원들은 한결같이 싸늘했다.

금란은 한 여자 직원에게 다가가 자기가 여기에 찾아온 이유를 설명했다. 그러나 그 직원의 이야기는 매우 미온적인 것이었고 비관적인 것이었다.

그 직원의 설명에 의하면 한국인 남자가 독일로 올 수 있는 경우는 극히 제한적인 것이었고 병역의무를 마친 남자라면 탄광의 갱부를 희망한다든지, 중장비 기술을 익혔다든지, 아니면 병아리 감별사 자격을 갖춘 사람 정도라는 것이었다.

공부를 하러 오는 경우, 대사관에서 해 줄 수 있는 일은 아무 것도 없고 그것은 대학과 대학 사이의 교류에 의한 문제이며, 그것도 한국 정부에서 시행하는 독일 유학 시험에 합격을 했을 경우에만 가능하다는 것이었다. 그러나 동베를린 사건 이후에는 한국 학생의 독일 유학이 사실상 막혀 있는 셈이라는 것이었다.

금란의 부풀었던 며칠 간의 꿈은 무참히 짓밟힌 바 되었지만 그러나 갱부가 되거나 중장비 기술자가 되는 길, 병아리 감별사가 되어서 오는 길이 있다는 걸 안 것만도 소득이라고 스스로를 달랬다.

하지만 갱부가 되거나 중장비 기술자가 되는 길을 현승이 쉽게 받아들일 지가 문제였다. 현승의 결단력 없는 성격과 연약한 체질이 그런 일에 선뜻 동의할 것 같지가 않아서였다.

공상적이고 비현실적인 분야를 좋아하는 현승이 중장비 기술자가 되라고 하면 그것을 받아들일까? 예술을 하려고 하는 현승에게 갱부가 되거나 병아리 감별사가 되라고 한다면 그것을 받아들일까? 그때부터 금란은 전전긍긍했다.

그러나 금란은 생각했다. 갱부가 되거나 기술자가 되라는 것은 다만 독일로 오는 방편으로 택하라는 것이지 반드시 그런 기술자가 되라고 강요하는 것은 아니지 않은가? 나를 진실로 사랑한다면 임시방편으로 택하는 노동자의 길을 굳이 마다할 이유도 없지 않은가?

금란은 현승에게 편지를 썼다. 독일로 오고 난 뒤 거의 매주 현승에게 편지를 썼지만 이번 편지는 그런 안부편지가 아니라 그를 독일로 오게 하려는 의도적인 편지였다.

그러나 지금까지의 편지에서도 그랬듯이 독일의 생활과 독일의 선진 문화와 한국인들의 독일인에 대한 잘못된 선입견들—고집세고 호전적인, 혹은 자기 중심적이고 국가주의적인 성격을 가진 국민이라는—은 실지로 그들을 대하고 보면 반드시 그렇지만은 않다는 것을 수없이 얘기했지만 거기에 대해 현승이 한 번도 반응을 보인 일이 없었다.

현승의 답장 속에 늘 잠복하고 있는 것은 우수의 그림자와 미움과 번뇌의 그늘이었다.

그렇다 해도 포기할 수 없는 계획이기에 금란은 다시 현승에게 편지를 썼다.

192

— 제대를 하면 반드시 독일로 와야 한다고, 우리가 다시 만나는 길은 그 길 뿐이라고

— 우리가 일찍부터 꿈꾸어 왔던 행복에의 길은 그것 뿐이라고

— 이 길은 내 눈물이자 사랑이라고, 뒷 일은 모두 자신이 책임지겠다고.

오래된 책갈피는 음악이 되고

오래된 책갈피는
추억이 되고, 인생은

추억의 책갈피 속에서
나이를 먹는다.

오래된 책들은 추억이 된다. 책의 이름, 책의 표지, 책의 스토리만 보아도 그것이 자신의 삶의 흔적이 되는 사람들이 있다. 그런 사람들에겐 그 책의 행간, 그 책이 이끄는 이야기의 오솔길은 더없이 맑고 향기로운 추억의 길이 된다.

그런 사람들에겐 책을 읽지 않고 책을 그냥 바라보기만 해도 즐겁고 행복하다. 그 속에는 사랑스런 남자와 여자가 만나는 찻집이 있고 바람 부는 날 함께 걸을 수 있는 햇빛 바른 들길이 있다. 자스민 향기가 있고 들국화 향기가 스며있다.

이광수의 『유정』이 그렇고 이효석의 『메밀꽃 필 무렵』이 그렇다. 현진건의 『무영탑』이 그렇고 방인근의 『마도의 향불』이 그렇다. 그들에겐 실로 순수문학이니 대중문학이니 하는 갈래가 필요하지 않다. 읽고

194

슬퍼하고 읽고 기뻐할 수 있으면 된다.

어찌 그 뿐인가? 투르게네프의 『첫사랑』, 헤르만 헷세의『데미안』, 빅토르 위고의 『레 미제라불』, 스탕달의 『적과 흑』이 또한 그렇다.

그 책들의 첫 장들은 얼마나 우리를 황홀하게 했던가?

그 책들의 주인공들은 얼마나 우리를 서럽게 했던가?

아, 괴테의 『젊은 베르테르의 슬픔』, 톨스토이의 『부활』이 어찌 예외일 수 있는가?

너무 지적인 책들은 외경스럽기는 하지만 우리를 주눅들게 한다. 깊은 철학, 해박한 지식이 들어 있는 책들은 경건해지기는 하지만 우리를 기쁘게 하지는 못한다. 차라리 소박한 삶의 이야기가 담긴 책들, 누구나 경험했고 누구나 경험할 수 있는 이야기를 담은 책들은 우리를 편하게 하고 우리를 기쁘게 한다. 그래서 우리는 그런 책들을 찾아 헤매고 그런 책들을 만나면 어렸을 적 친구를 약속 없이 만난 것처럼 반갑다.

이를테면 이런 이야기가 담긴 글은 우리를 소년시절로 돌아가게 하는 즐거움이 있다.

「그렇다면 당신은 저의 도전을 받아들인다는 말씀이죠」

「수식을 뺀다면 그렇게 생각해도 좋습니다」

「그러면 결투의 조건에 대해서 말해봅시다. 지금 여기에는 중개인이 없으니까」

「그러시죠, 저는 어떤 조건이라도 받아들이겠습니다」

「좋습니다. 그러면 내일 아침 일곱시에 백양나무 숲 뒷길로 장소를 정합시다」

「그렇게 합시다」

「두 사람의 거리는 십보, 무기는 피스톨」

「미안하지만 저는 피스톨을 가지지 않았는데요」

「피스톨은 제 것으로 하나를 빌려드리겠습니다」

「발사는 두 번씩,그리고 만약을 위하여 호주머니에 각자 유서를 써넣어 두기로 합시다, 거기에는 반드시 자기의 죽음에 대한 책임은 자신이 진다는 내용이 들어 있어야 합니다」

「좋습니다, 그러면 우리의 결투가 어떻게 될 지 모르니 심판관 한 사람을 두면 어떻겠습니까?」

「그렇게 하지요, 우리 집 뾰돌을 심판으로 고용하겠습니다」

이튿날 아침 일곱시, 도전자는 결투장에 십분이 지나서야 도착했다.

「실례했습니다, 기다리시게 해서」

「괜찮습니다, 그럼 시작합시다」

도전자로부터 권총을 건네 받은 두 사람은 뾰돌이 지켜보는 앞에서 서로 십보씩 떨어져 섰다. 뾰돌의 손에도 권총이 쥐어져 있었다. 약속 위반자가 나오게 되면 뾰돌의 권총이 불을 뿜게 되는 것이다.

뾰돌의 손에서 수기가 움직였다. 둘이는 동시에 권총의 방아쇠를 당겼다. 총알은 두 사람의 것 모두가 상대방을 맞히지 못하고 빗나갔다.

두 사람은 다시 권총을 발사했다. 그러자 도전자가 발목 쪽으로 얼굴을 묻으며 앞으로 엎어졌다. 아직 한 사람은 몸을 꼿꼿이 세운 채 제 자리에 서 있었다. 뾰돌이 다가와 권총을 받아갔다. 그리고는 뾰돌이 엎어진 사람을 안아 일으켰다. 도전자는 허벅지에 관통상을 입었으나 치명상은 아니었다.

뾰돌에 의해 도전자가 병원으로 실려 간 뒤 웃저고리를 툭툭 털며 주인공은 자기 집으로 돌아갔다.

아침 햇빛이 집으로 돌아가는 그의 어깨를 비추고 있었다.

그리고 다음 과 같은 책,

누구누구가 당신의 남편이라는 것, 그것이 무엇입니까?

남편, 그것은 이 세상의 일이 아닙니까. 그리고, 이 세상에서는 내가 당신을 사랑한다는 것, 내가 누구누구의 팔에서 당신을 내 팔 속으로 빼앗아 낸다는 것은 죄가 될런지도 모릅니다.

죄라구요? 좋습니다. 나는 스스로 그 벌을 나에게 내리겠습니다. 나는 그 죄가 주는 천국의 기쁨을 남김없이 맛보고, 생명의 향유와 힘을 맘껏 들이 마시겠습니다.

당신은 이 순간부터 나의 것입니다. 오오 나의 애인이여, 나는 먼저 갑니다. 나의 아버지 곁으로, 당신의 아버지 곁으로.

가서는 아버지에게 하소연할 것입니다. 그러면 하늘에 계신 아버지는 당신이 올 때까지 나를 위로해 줄 것입니다. 당신이 오면 나는 뛰어가서 당신을 맞을 것입니다. 그리고는 나는 절대로 당신을 떠나지 않을 것입니다. 신이 보시는 앞에서 영원히 당신과 포옹할 것입니다.

당신이 먼지를 털고 당신이 손수건으로 닦아 준 권총이 지금 내 손에 쥐어져 있습니다. 나는 권총에 수없이 입을 맞춥니다. 왜냐하면 당신이 만진 권총은 당신의 체온이 배어 있는 권총이기 때문입니다.

나는 이제 이 권총을 나의 이마에 갖다 대야 합니다. 그리고 조용히 방아쇠를 당겨야 합니다. 그것만이 내가 택한 최상의 길이기 때문입니다.

그러면 안녕. 다시 만날 때까지, 내 사랑, 내 애인, 다음 세상의 나의 것.

일찍이 읽었던 이런 책들,
이런 책들은 우리를 결코 헛된 말장난 속으로 몰고 가지는 않았다.
책 속에 전개되는 모든 사건과 일들은 그것이 허구가 아니라 실제, 반드시 우리 곁에서 일어날 수밖에 없는 일들이었다.

당신이 오면 나는 뛰어가서

당신을 맞을 것입니다.

그리고는 나는 절대로 당신을

떠나지 않을 것입니다.

신이 보시는 앞에서 영원히

당신과 포옹할 것입니다.

주인공이 결투를 할 때는 우리가 결투를 하고 주인공이 이겼을 때는 우리가 이겼던 것이다. 주인공이 자살을 할 때는 우리가 자살을 하는 아픔을 겪어야 했고 주인공이 눈물을 흘릴 때는 우리가 함께 눈물을 흘려야 했다. 그러한 책과 책.

왜 하이네와 아폴리네르와 윤동주와 정지용은 제외되어야 하는가?
읽어서 가슴을 어루만지고 읽어서 마음을 쓰다듬어 주는 시들, 시 속에 꽃피고 새 울고 열매 맺고 노래 부르는 시들.
구름을 일게 하고 바람을 실어보내는 시들,
꽃송이를 피어나게 하고 바람에 떨어지는 잎새가 가슴 속으로 파고들어 물결이 되는 시들.

오래된 책갈피는 추억이 되고, 인생은 추억의 책갈피 속에서 나이를 먹는다. 그러나 한탄할 일은 아니다.
이 세상 모든 것은 나고 자라고 피어나고 시드는 것, 인생과 사랑 또한 예외는 아니니까. 시듦이 반드시 혼자만의 일은 아니니까.
저 크나큰 자연의 사랑을 시들은 노래했고 저 크나큰 자연의 이법을 소설들은 묘사했다.
그런 시들과 책들이 우리 곁에 있는 한 우리는 결코 애석해 하거나 슬퍼할 수는 없다.
사랑도 그렇다.

〈붓세〉에서 쓴 시

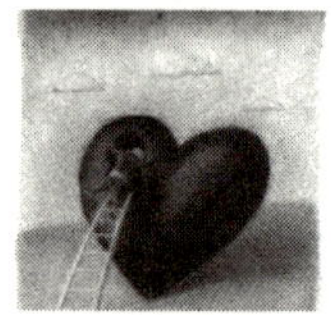

현승은 삼년만에 제대를 했다. 개구리복을 입고 위병소를 빠져나올 때 한 내무반을 썼던 동료 병사들이 줄지어 손을 흔들어 주었다. 원주 역에서 중앙선을 타고 제천을 거쳐 영주역에 도착할 때까지 현승은 줄 곧 남아 있는 동료 병사들을 생각했다. 그러나 그것 뿐이었다.

소백산맥을 거슬러 남으로 내려 오는 산기슭에 원추리꽃이 피어 바 람에 휘날리는 모습을 보며 현승은 등 뒤에 남아있는 간이막사와 콘세트 과 밤마다 손으로 닦던 소총들을 잊기로 했다. 그것은 쉬운 일이었다.

두 번의 가을을 맞이하는 동안 현승은 대학을 졸업했고 여느 친구들 이 하는대로 현승도 사립학교 교사가 되었다. 술을 마셨고 교주(校主) 에게 아부도 해 보았다. 금란은 두 주가 멀다하고 편지를 보냈고 편지 마다 갱부가 되거나 병아리 감별사가 되어야 한다고 강조했다. 그래야 우리가 만날 수 있다고, 그래야 우리가 설계했던 행복을 쟁취할 수 있다고 설득했다.

금란은 독일어 회화 테이프를 항공우편으로 보냈다. 테이프 끝에는 반드시,

「현승씨, 화가 나도 참으시고 귀찮더라도 하루에 한 번씩만 이 테이프를 들어세요, 그러면 머지 않아 우리는 만날 수 있을 거예요」

라는 말을 덧붙이기를 잊지 않았다. 테이프를 틀면,

굿텐 타크, 스프레헨 지 도이치?

이스트 다스 데르 추크 나흐 함부르크?

가 울려나왔다. 그러나 현승은 그것을 듣지 않았다. 그리고는 학교가 끝나면 바로 까페 〈붓세〉로 갔다. 그것이 이젠 일과가 되었다.

술은 모든 마음의 찌꺼기를 순식간에 씻어주는 청량제가 되었다. 술을 마시고 나면 모든 사악한 감정들이 해일이 씻어간 바닷가의 모래밭처럼 말끔히 사라지고 추하고 거칠던 세상일들이 정겹고 아름다운 손을 흔들며 다가왔다. 모든 마음 속의 번뇌들이 사라지고 비수가 칼날을 누그러 뜨렸다.

〈붓세〉에는 한 캐럿의 다이아몬드가 있었다. 한 캐럿의 다이아몬드, 그것은 민나였다.

그녀는 스물 한살, 그녀를 만난 것은 현승에게는 한 때를 위한 축복이었다. 현승은 하루도 〈붓세〉에 가는 일을 빠뜨릴 수가 없었다. 하루라도 빠뜨리면 민나한테서 전화가 걸려왔고 때로는 택시를 타고 학교의 정문까지 민나가 마중을 왔다.

그녀의 일은 해가 지면서 시작되었고 그녀가 일을 하는 동안 현승은 그녀의 방에서 그녀가 쓰는 스킨이나 향수병을 만지작거리며 시간을 보냈다. 우울한 현승의 영혼에 그녀는 무지개가 되어 요염한 웃음을 안

겨주었다.

그녀의 몸은 수밀도 같았고 그녀의 흡인력은 아편과 같았다.

현승은 그때 사랑이란 부질없는 관념의 희롱이요 닿을 길 없는 이상주의자들의 이데아에 불과하다는 생각을 했다. 그리고 사랑이란 파랑새를 쫓는 소년의 꿈이라 생각했다. 현승은 언제나 그녀의 속옷에서 밀감냄새를 맡고 있었다.

일요일 낮에 그녀는 현승을 골방에 남기고 고향에 갔다. 현승은 온종일 그녀의 방에서 사진첩을 들추어 보거나 그녀가 걸어놓은 속옷들을 바라보며 그녀가 돌아오는 시간을 기다렸다. 그리고 그녀가 없는 빈방에서 배를 깔고 누워 한 편의 시를 썼다.

제대를 하고 대학을 졸업하면
나는 개나리꽃이 한 닷새 마을의 봄을 앞당기는
산란초 뿌리 풀리는 조그만 시골에서
시나 쓰는 가난한 서생이 되어 살려고 생각했다
고급 장교가 되어 있는 국민학교 동창과
개인회사 중역이 되어 있는 어릴 적 친구들이 모두
마을을 떠날 때
나는 혼자 다시 이 마을에 돌아와 탱자나무 울타리를 손질하는
초부가 되어 살려고 생각했다.
눈 속에서 지난 해 지워진 쓴냉이 잎새가 새로 돋고
물레방앗간 뒤쪽에 비비새가 와서 울면
간호원을 하러 독일로 떠난 여자친구의 항공엽서나 기다리며
느린 하학종을 울리는 낙엽송 교정에서
잠처럼 조용한 풍금소리를 듣는 이급 정교사가 되어
살려고 생각했다

제대를 하고 대학을 졸업하면

나는 개나리꽃이 한 닷새 마을의 봄을 앞당기는

산란초 뿌리 풀리는 조그만 시골에서

시나 쓰는 가난한 서생이 되어 살려고 생각했다

고급 장교가 되어 있는 국민학교 동창과

개인회사 중역이 되어 있는 어릴 적 친구들이 모두

마을을 떠날 때

나는 혼자 다시 이 마을에 돌아와 탱자나무 울타리를 손질하는

초부가 되어 살려고 생각했다.

용서할 줄 모르는 시간은 물처럼 흘러갔고
놀 속에 묻히는 봄보리들의 침묵이 나를 무섭게 위협했을 때
관습의 신발 속에 맨발을 꽂으며 나는
눈에 익은 수많은 돌멩이들의 정분을 거역하기 시작했다
염소들 불러 모으는 비음의 말들과
부피가 작은 몇 권의 국정 교과서를 거역했다
뒷산에 홀로 누운 조부의 산소를 한 번만 바라보았고
그리고는 뛰는 버스에 올라 도시 속의 먼지가 되었다
봄이 오면 아직도 그 골의 물소리와 아이들의 자치기 소리가
도시의 옆구리에 잠든 나의 꿈 속에
배달되지 않는 엽신으로 녹아
문지방을 울리며 흐르고 있다

어느덧 날이 저물고 불을 켜야 하는 시간이 되었다.

시 한 편을 쓰느라 꼬박 하루 낮을 보낸 것이다. 여섯장의 파지들이 방의 여기저기에 흩어져 있고 마지막 초고를 가로로 접어서 호주머니에 넣으려는 찰나에 그녀의 재재바른 구두 소리가 방 뒷문 밖에 와 멎었다.

그녀는 현승이 혼자 자기 방에 남아 있다는 생각 때문에 급한 마음으로 달려온 것이다. 손에는 고향에서 가져온 참기름병과 말린 고추 다발이 들려 있었다. 그녀는 입었던 옷도 벗기 전에 현승에게 달려들어 키스를 퍼붓기 시작했다. 현승은 그녀가 원하는 대로 깔아놓은 요 위에 그녀를 눕혔고 그녀의 흡인력 만큼 그녀의 심부(深部)를 공략했다.

그녀가 엉크러진 머리카락을 매만지고 벗어던진 겉옷들을 주섬주섬 주워 옷장에 거는 동안도 현승은 그녀의 고양이 같은 흡인력을 음미했

고 유리잔처럼 매끄러운 가슴과 우유빛 허리를 사랑할 수 있었다. 현승은 그것을 사랑이라고 생각했고 사랑이란 멀고 요원한 곳에 있는 것이 아니라 필요할 때 꺼내 쓸 수 있는 열쇠 같은 것이라고 생각했다.

「아까 종이에 쓴 것이 뭐죠?」

그녀는 그제야 정신이 든 듯 현승을 바라보며 물었다.

「아무 것도 아니야」

현승은 정말 아무 것도 아닌 양 대답했다.

「제가 한 번 보면 안되나요?」

그녀는 궁금한 얼굴로 다시 물었다. 현승은 말없이 호주머니에 든 종이를 꺼내 그녀에게 내밀었다.

「시이군요」

「응」

「시라면 왜 제게 보여주길 망설였어요?」

「완성된 것이 아니기에……

그녀는 시를 읽고 또 읽었다. 시를 읽는 그녀의 얼굴은 평온하지 않았다.

그날 밤 현승은 그 시와 시에 얽힌 사람의 이야기를 그녀가 묻는 대로 자세히 말해 주었다.

그 이야기를 듣고 난 뒤부터 그녀는 암팡진 고양이가 되기 시작했다. 한시도 현승을 제 곁에서 떼어놓으려 하지 않았다. 현승은 그러는 그녀가 싫지 않았다. 그녀가 그럴수록 그들의 밤은 격렬해졌고 그럴 때마다 현승은 그녀의 몸 속에 깊이 잠수할 수 있었다. 그녀는 가끔 현승과 함께 공원이나 야산을 배회하기도 했는데 그녀는 때로 산기슭 물푸레나무 그늘에서 그를 요구하기도 했다.

현승은 아직도 두 주가 멀다하고 붙여져 오는 금란의 편지를 이제는 읽지도 않고 서랍 속에 집어 넣었다. 늘 같은 편지이기 때문이었다. 그러면서 민나 몰래 현승은 중장비 교습소에 가 보기도 하고 병아리 감별법을 익히러 축산협동조합이나 부화장을 돌아 보기도 했다. 중장비 교습소에 가서 육중한 크레인의 동체를 보고 페이로다와 밸트 돌아가는 소리를 들으면 가슴이 바늘에 찔리는 듯했고 부화장에 가서 삐약거리는 병아리를 보고 그것에 손을 댄다는 것은 부질없는 자기기만이라는 생각에 바삐 발길을 돌려버린 적이 한두번이 아니었다.

민나는 현승이 그런 곳에 몰두한다는 낌새를 알아채고 대들 듯이 말했다.

「당신은 절대로 나를 버릴 수 없어요. 만약 당신이 나를 버린다면 나는 귀신이 되어서도 당신을 따라가겠어요」

그때부터 현승은 운명이라는 동앗줄이 자신을 칭칭 동여매는 것을 느꼈다. 그것이 만일 운명이라면 그 동앗줄을 자신의 손으로는 끊을 수 없다는 것도 함께 느꼈다. 그러나 그것을 그는 슬퍼하지 않았다.

꽃피지 않는 봄도 있다

날개를 펴보지도 못한
조롱 속의 새였다.

며칠 후 현승은 금란에게 편지를 썼다. 오랜 만에 쓰는 편지였다.

금란, 보내 준 편지들은 잘 받고 있습니다. 금란이 그곳으로 간 지도 어언 5년이 되었군요.

계약 기간까지 연장하면서 그곳에 체류하는 금란의 마음을 내 모른 바는 아니지만 나는 금란의 청을 들어줄 수가 없습니다. 나는 끝내 한국에 남아 한국말로 학생을 가르치고 한국말로 시를 쓰는 사람이 되렵니다. 나의 아버지가, 그리고 금란의 아버지가 뼈를 묻은 조국에서 그분들의 혼의 울림을 마음으로 들으면서 조그맣고 욕심없는 삶을 살아가는 것이 나의 꿈이기에 나는 중장비 기술자가 되거나 병아리 감별사가 되는 길을 포기했습니다. 금란이 있는 곳이기에 그곳에 가려고 수십번 마음 다져보기도 했지만 그것은 쉽지 않았고 또한 내 마음이 그것을 허락하지도 않았습니다.

지금이라도 금란이 한국으로 돌아온다면 나는 바다를 걸어서라도 마중하러 나갈 것입니다. 그러나 돌아오겠다는 소식 아니고는 나는 어떤 소식도 반가워하지 않을 것입니다. 설령 이 편지가 마지막 편지가 된다 하더라도 이제는 어쩔 수가 없습니다. 부디 건강 해치지 말고 잘 지내기 바랍니다.

— 현승.

편지를 받은 금란은 전처럼 놀라지 않았다. 예상했던 일들이 순서대로 일어나는 듯했기 때문이다. 모든 것이 불가항력이라는 생각이 들자 금란은 그때부터 베를린을 떠날 생각을 했다.

금란으로서도 베를린이 좋아서 5년이나 거기에 체류하고 있는 것은 아니었다. 베를린은 어둡고 우중충한 도시였고 삼엄하고 옥죄이는 도시였다.

다만, 생애 처음으로 발을 내린 이역의 도시, 자신의 무수한 발자욱이 찍혀 있는 도시, 병원과 기숙사에 자신의 호흡이 남아 있는 도시, 자신의 이름으로 얼마간의 돈이 저축된 은행이 있는 도시, 하인리히 신부님이 주일이면 우아한 제스처로 자신을 맞이해 주는 성당이 있는 도시이기에 금란은 이곳을 떠나지 못하고 있었을 뿐이었다. 5년 전 함께 왔던 친구들도 모두 캐나다로 미국으로 이주했거나 한국으로 돌아간 지금 자신만 동그마니 혼자 이곳에 남아 생의 파고를 바라보고 있는 것이다.

그러나 이제는 자신도 이곳을 떠나야 하는 때가 왔다고 금란은 생각했다.

현승이 오지 않겠다면 더 이상 자신이 이곳을 지켜야 할 필요가 없어진 것이다. 금란은 런던행을 생각했다. 런던의 한국상사, 선남 코오

프레이션에 취직 의뢰를 했고 독일어가 통하는 금란을 쉽게 선남에서도 받아들인 것이다. 타우엔친가(街)에 있는 은행에 가서 잔고를 뽑아낼 때, 은행 아가씨의,

「귀국입니까? 아니면 딴 나라로의 이줍니까?」

하고 묻는 물음에는 순분이 귀국할 때 들었던 질문과 꼭 같은 것이어서 별다른 감정의 움직임이 일지 않았지만 하인리히 신부님과의 이별에서 신부님의 따뜻한 악수와,

「이 동양의 자매에게 어느 나라에 가더라도 천주님의 은총이 있기를 바라고 기도합니다. 아 멘」

이라는 축도에서는 저절로 눈물이 흘러내렸다. 그것은 회한의 눈물이었다. 5년의 베를린 생활이 덧없이 막을 내리는 듯한 통절함이 한 줄기 눈물로 바뀌고 있는 것이었다. 금란의 베를린 생활은 그것으로 막을 내렸다.

그러나 런던 생활은 오래 가지 않았다. 런던은 베를린 생활 보다 더 황막했고 쓸쓸했다. 백인 우월주의자들에게 인간적인 우정을 느낄 수가 없었고 주말이면 방황하듯 쏘다녀 본 리버풀과 맨체스트, 테임즈강과 카알마르크스 묘지도 그녀를 그곳에 안착시킬 수 있는 힘이 되지 못했다. 그것은 다만 그들의 삶의 흔적이었고 콧대 높은 영국인들의 자존의 축대에 불과했다.

금란은 다시 뉴욕을 희망했다. 전출은 어렵지 않았다. 런던으로 올 때 가져온 가방 두 개를 채 풀지도 않은 채 그녀는 다시 뉴욕행 비행기에 올랐다. 비행기에 오르면서 금란은 자신의 변화를 자세히 현승에게 편지로 알렸다.

금란의 편지를 받는 날 현승은 병원 산부인과에 있었다. 금란이 정

성들여 쓴 편지를 자세히 읽을 경황도 없이 호주머니에 구겨넣고 현승은 산부인과로 달려가야 했다. 〈붓세〉에서 온 전화는 다급했다.

민나가 산고를 겪고 있다는 것이었다. 크지 않은 산부인과 병실에 누워있는 민나는 현승을 보고 울기 시작했다.

「미안해요, 의논도 드리지 않고 입원을 해서」

「괜찮아, 아무 걱정하지 말고 빨리 일어나기만 해」

「지금은 어때, 몸이 불편하지는 않아?」

「아직은 괜찮아요, 의사는 좀더 기다려 봐야 한대요. 두 시간 전에 진통 촉진제를 주사했는데 아직은 진통이 오지 않아요」

「그냥 유산하는 방법은 없을까?」

「의사선생님 말씀으로는 이미 스물여덟주가 지나서 인공 유산은 불가능하대요」

「그러면?」

「그러면 인공 조산을 할 수밖에 없대요. 미숙아를 낳는 거래요. 일반 분만과 꼭 같은 과정을 거쳐야한대나 봐요」

「괜찮겠지?」

「괜찮을 거예요, 다만 첫 임신 중절이라 시간이 더딜 거라더군요」

현승은 그때부터 민나 곁을 한시도 떠나지 않았다. 이웃 방에서는 가끔 산모들의 진통과 신음이 들려왔지만 민나의 표정에는 별다른 변화가 나타나지 않았다. 밤 열 시가 지났는데도 민나에게는 아무런 징후가 없었다. 이상한 생각이 들었다.

그러나 열한시가 지나면서부터 민나는 고통스런 표정을 짓기 시작했다. 그 고통은 신음으로 바뀌고 신음은 절규로 이어졌다. 그녀의 신음은 다른 방에서 들려오는 소리보다 훨씬 더 처절했다. 그녀는 이를 악

물었고 이마에는 구슬같은 땀이 흘렀다. 그녀는 차츰 자신이 가늘 수 없는 상태가 되어가고 있었다. 그리고 울부짖었다.

그러나 신음과 절규가 이어진 지 두 시간이 지나도 그녀의 하복부에서는 아무런 출산의 기미가 보이지 않았다. 현승은 덜컥 겁이 났다. 간호원에게 그런 사실을 알렸다.

의사는,

「이 환자는 일반적인 내막 소파로는 불가능하니 질 절개 수술을 해야 합니다」

라고 말하고 병실을 옮겨 중환자실로 재입원시키라고 말했다. 중환자실에는 보호자도 출입이 금지되었다.

현승은 대기실에 앉아 초조하게 초침만 세고 있었다. 중환자실에서는 신음도 밖으로 새어나오지 않았고 가끔 바쁜 걸음으로 달려가는 간호원의 모습만 보일 뿐이었다.

벽시계는 벌써 새벽 세시를 넘고 있었다. 그러나 안에서는 아무런 전갈이 오지 않았다. 현승은 가슴이 타고 머리카락이 공중으로 치솟는 느낌이었지만 눌러 참았다.

잘 안되는 걸까? 잘 안된다면 뭐가 잘 안되는 걸까?

그때 중환자실 안에서 전갈이 왔다.

「한민나 보호자 안으로 들어오세요」

현승은 자신도 모르는 새 벌떡 일어나 환자실 안으로 뛰다시피 들어갔다. 민나는 정신을 잃은 지 오래였고 의사는 환자의 곁에서 손을 떼고 있었다.

의사는 현승에게 고개를 저어 보였다. 의사의 손이 가볍게 떨리고 있었다. 현승은 눈짓으로 안된다는 말씀이냐고 물었다. 의사의 눈은 그렇다고 대답했다. 현승은 팔과 다리를 움직일 수가 없었다. 민나의 얼굴은 이미 고통마저도 지나간 것 같았다.

현승은 복도로 나와 평생 한 번도 해본 일이 없는 기도를 했다. 제발 그녀의 목숨만 구해 달라고 보이지 않는 신에게 두 손을 모았다. 그러나 소용없는 일이었다.

동이 틀 무렵 의사는 현승에게 다가와서, 자기는 최선을 다했지만 산모의 목숨을 구할 수가 없었다고 말하고 보호자의 처분을 따르겠다고 말했다.

해가 뜨자 현승은 그녀의 고향으로 가는 버스에 올라 흔들리는 차창에 기대어 그녀의 짧은 생애와 그녀와의 짧은 사랑을 회고했다. 그녀가 갖고싶어 했던 물거품 같은 행복과 장남감 같은 그녀의 인생 설계와 평범하나 가혹했던 그녀의 욕심과 젊고 발랄했던 그녀의 모습들을 생각했다.

그리하여 지금이라도 그녀를 위해, 그녀가 움켜쥐고자 했던 작은 행복을 위해 조그만 무덤 하나와 봄이면 피어날 한 송이 꽃을 심어주어야 한다고 생각했다.

그녀는 어둠 속에 살다가 그늘 속에 묻힌 음지의 꽃이었다.

떳떳하게 이름 한 번 밝혀보지 못했고 밝음 속에 활짝 날개를 펴보지도 못한 조롱 속의 새였다.

그녀는 귀여운 악마였고 촛불 속을 잘못 날아든 한 마리 불나비였다.

나는 정말 그녀를 사랑했던가?

그렇다고 대답하기엔 현승은 자신이 없었다.

그렇다면 나는 그녀를 사랑하지 않고 한 때의 유오(遊娛)의 대상으로만 생각했던가?

그녀가 움켜쥐고자 했던 작은 행복을 위해

조그만 무덤 하나와 봄이면 피어날

한 송이 꽃을 심어주어야 한다고 생각했다.

그녀는 어둠 속에 살다가

그늘 속에 묻힌 음지의 꽃이었다.

　그렇다고 대답하는 것도 현승은 용인할 수 없었다.

　금욕주의자들이 아무리 숭엄한 말로, 육체적인 사랑은 사랑이 아니라고, 육체는 사악한 마음의 은신처라고 강변해도 현승은 그녀와의 시간이 기쁨이었고 그녀와의 침실이 사랑의 보금자리였던 것을 부인할 수가 없었다.

　누구가 나에게 묻는다면 나는 그녀를 사랑했다고 말해야 한다. 아니 그것은 거짓인가? 아니다. 그것은 거짓이 아니다. 다만 그녀의 직업 때문에 떳떳하지 못했던 시간의 그늘이 우리의 머리 위를 덮고 있었을 뿐이다. 그것만은 시인할 수 있으리라. 그러나 그것이 왜 사랑이 될 수 없는 것인가를 난 모른다, 왜 그것이 사랑이 아니라고 해야 하는 가를 난 모른다.

　현승은 끝없는 물음과 대답을 마음 속으로 반추하고 있었다. 그러나 아무런 대답도 스스로를 위로해 주는 것은 없었다.

　산길을 흔들리며 넘는 버스의 유리창에 아침 햇살이 비쳐들고, 소나무 가지에 앉아있던 백로 한 마리가 꾸물대는 버스 위를 천천히 날아가고 있었다.

흔들리는 글라디올라스

또 2년이 흘렀다. 시간의 흐름은 인간을 망각의 지평으로 몰고 가는 힘이 있는가 보았다.

꽃이 피고 바람이 부는 동안 현승에게 우연이라는 이름의 전차가 다가왔다. 콜럼비아대학에서 개최되는 국제언어문학 심포지음에 참석할 수 있는 기회가 현승에게 온 것이다. 물론 대학의 배려였고 현승은 그 때 대학원 어문학 과정에 다니고 있었다.

심포지엄은 콜럼비아 대학 중앙도서관에서 열리는 5일간의 일정이었고 나머지 1주간은 자유로운 여행이 허락되는 스케줄이었다. 비용은 한국학술진흥재단에서 제공하는 것이었고 본인은 약간의 여비만 사용하면 되었다.

현승은 7월 초순 김포를 떠나 뉴욕으로 향했다. 현승은 김포공항 국제선 대합실에서부터 줄곧 뇌리를 스치는 팔년 전, 금란의 출국을 상상하고 있었다. 현승은 물론 출국 직전, 금란에게 자신의 뉴욕행을 알렸지만 정작 금란을 만나려면 심포지움이 끝난 다음에야 가능한 것이었기에 그다지 서두르지는 않았다.

공항의 긴 우회로를 거쳐 비행기 트랩에 오르면서부터 현승은 그녀를 만나면 무슨 말을 어떻게 해야 할까를 곰곰히 생각했다.

우리가 만나지 못한 8년은 그녀를 얼마나 달라지게 했을까?

약속없이 거리에서 서로가 지나치게 된다면 우리는 서로를 알아볼 수 있을까?

만약 알아 본다면 그녀는 어떤 표정을 지을까?

그녀가 달려와 나를 껴안는다면 나는 어떤 포즈를 취해야 할 것인가?

그녀는 나를 보고 웃을 것인가? 울 것인가?

나는 그녀를 보고 담담할 것인가? 격정에 사로잡힐 것인가?

그런 생각의 소용돌이에 휘말려 이륙 후 두 시간이 지나도록 현승은 기내 방송조차 들을 여유가 없었다.

심포지움에서 현승이 맡은 임무는 별달리 없었으므로 다만 국제학술대회에서 발표되는 논문들을 읽거나 듣고 견문을 넓히기만 하면 되는 것이었다. 그러므로 이번 여행은 사실상 현승으로서는 금란과의 재회를 위한 여행에 다름 아니었다.

베링해를 지나 앵커리지에 도착하기까지는 꼬박 하루 낮이 걸렸고 앵커리지 국제공항에 내렸을 때는 백야가 펼쳐져 어둡지 않은 밤이 날개를 펴고 있었다. 비행기가 주유를 하는 동안 그들은 터무니 없이 비싼 일본 국수를 사먹고 원두 커피도 마셨지만 가게마다 이들을 맞이하는 아가씨들은 정작 한국의 처녀들이었기 때문에 일행은 거기가 알류

산 열도를 지난 수륙 만리의 낯선 툰드라 대륙이라는 느낌을 받지 않았다.

앵커리지를 떠나 로키를 넘어면서부터 여행자들은 대부분 지쳐 눕거나 잠에 곯아 떨어졌다. 인간도 제한된 공간 안에 갇히면 동물처럼 먹고 마시고 배설하고 잠자는 일 이외엔 아무 것도 할 수 없는 듯했다. 기내에는 여기저기 코고는 소리가 들리고 스크린에는 계속 액션물들이 상영되고 있었다. 비행기가 여러 번 고도를 낮추었다가 높이고 커튼 바깥이 완전히 깜깜해졌다가 다시 밝았을 때 그들 일행은 뉴욕에 도착했다.

뉴욕은 공룡이었다. 그것은 인간이 경영하는 도시라기 보다 도시가 관리하는 인간동물원이었다. 거기에는 연민과 애정 같은 것은 아예 발 붙이지 못할 듯했다.

첨탑과 도로와 질주하는 자동차들의 위협 속에서 한 마리 벌레에 지나지 않는 인간들이 종종걸음으로 기어다녔고 좀벌레에 지나지 않는 인간들 한둘 쯤 없어진다 해도 이 거대한 도시는 그것을 알은 체 하지 않을 것 같았다.

그것은 밑둥이 썩은 아름드리 굴참나무에 불개미가 와글거리는 모습을 연상시켰다. 어떤 병도 어떤 전쟁도 이 거대한 도시를 완전히 잠식하거나 소멸시킬 수는 없을 것 같은 외연, 돌올, 음험 그것의 집합체였다. 그런 거리와 첨탑 아래를 이들은 회오리 바람처럼 몰려다녔다.

심포지움을 마친 밤에 현승이 묵고 있는 숙소로 전화가 걸려왔다. 금란이었다. 내일 오전 열시에 호텔 로비로 오겠다는 전화였다.

현승은 팔년만에 듣는 금란의 목소리가 아직도 별로 달라진 것 같지 않음에 저으기 안심했다.

현승은 그 전화 목소리에서 시간이 그들을 완전히 갈라놓지는 않았음에 대해 감사했다. 마음 같아서는 내일 오전이 아니라 지금 당장이라도 달려가 만나고 싶었지만 받아놓은 세미나의 일정과 전체적인 스케줄을 생각해서 급한 마음을 눌러 참았다.

팔년만의 해후, 그토록 많은 사연을 수놓았던 긴 이별, 그간 먼 땅 다른 지역에서 서로 다른 삶을 살면서 가슴 태웠던 애환들은 이 한 번의 만남으로 숙원이 풀릴 것인가?

남다른 꿈이 있어서도 아닌, 다만 가난이 싫어서, 가난 없이 살아보고자 하는 염원 하나로,

초가 울타리에 박넝쿨 올리고 짚동 뒤에 돋는 달 그림자를 손가락으로 재며 바늘에 실 꿰어 이불 기우며 살겠다던 금란이 간호원이 되고 독일로 떠날 꿈을 꾸며 작은 희망을 불태웠던 세월,

그 세월이 밉고 한스러운 것은 사실이지만 다시 만난다는 전화는 그런 회한을 단숨에 씻어주는 시원한 소낙비가 되었다.

현승은 잠을 이루지 못하고 새벽이 오기를 기다렸다.

이튿날 열 시, 금란이 호텔 로비에 도착했다. 애타게 기다리던 시간의 단애에서 만난 해후였다. 그러나 그토록 기다렸던 시간 끝의 만남이었지만 아직도 그들의 가슴에는 동양인의 피가 흐르고 있었다. 마음 같아서는 그들은 달려가 얼싸안고 뺨이라도 비비고 싶었지만 그러나 그들은, 그들을 바라보는 시선들이 따가와 아무 말 못하고 서로의 눈동자만 바라보았다. 슬픔도 기쁨도 아닌 담담한 표정은 그간의 그들의 고통스런 세월을 말해주는 자기 고백이었고 바람 센 이국생활에서도 끝내 버릴 수 없었던 수식없는 자기의 마음의 표출이었다.

그들은 커피숍에 앉아서도 이야기의 실마리를 찾지 못하고 무슨 말을 할까를 망설이고 있는 눈치였다. 눈으로는 많은 말을 하면서도 그것이 입을 통해 말이 되어 흘러나오지 못하고 있었다.

「나가서 이야기 할까요?」

금란의 제안에 현승은 그녀의 혼다 승용차에 올랐다. 달리는 혼다 안에서도 현승은 말문이 터지지 않았다.

「다니는 직장은 만족해요?」

가까스로 한 말은 그것 뿐이었다.

「다닐만해요」

금란의 대답도 그랬다.

할 이야기가 없어서가 아니었다. 할 이야기는 너무도 많았지만 실마리가 풀리지 않아서 그랬고 더욱이 감정이 묻어나는 말은 피하려는 듯한 금란의 태도 때문에 둘의 대화는 진전을 보지 못했다.

「가 보시고 싶은 데가 있으면 말씀 하세요」

금란의 호의는 그런 정도였다.

「가보고 싶은 곳? 그런 곳은 없어요. 금란이 가는 곳이면 어디라도 상관 없어요」

금란은 차를 몰아 월가, 센트럴 파크, 유엔 본부, 자유의 여신상 등을 돌았다. 그리고 저물녘엔 허드슨 강변에 있는 조그맣고 낡은 금란의 아파트로 갔다.

아파트는 낡고 녹슨 창을 달고 있어서 그 규모와 얼개들이 한국에서 보던 아파트와 별 다를 것이 없었다. 현승은 여행의 남은 날을 그 아파트에서 보냈다. 금란이 직장을 나간 후면 혼자 거리와 서점가를 배회했다.

대화할 상대가 아무 데도 없다는 것은 불편하면서도 편리한 것이었

다. 아무도 현승의 할 일 없는 어슬렁거림을 눈여겨 보는 사람이 없었
다. 쇼핑몰이나 잡화상에서도 버젓이 팔리고 있는 팬터하우스나 플레
이보이 같은 잡지를 보면서 스스로의 후안무치의 정도가 아직 거기에
는 이르지 못했음을 알고 그런 잡지들을 고의로 외면했다.

현승은 금란과 함께 지내는 한 주일의 아파트 생활이 전처럼 애틋하
고 향기로운 것이 아님을 느꼈다. 그것은 서글픈 일이기도 했지만 이미
두 사람의 생활방식과 사고의 편차가 인위적으로 좁힐 수는 없는 것임
을 알려주는 신호로 받아들이지 않을 수 없었다.

둘은 예전처럼 뜨거운 포옹과 입맞춤도 하지 않았다. 다만 그녀의
몸피가 예전보다 오히려 줄었다는 느낌과 팔년 동안 참고 인내해 온 성
적 억압이 그녀의 발랄한 성격과 육체적 기쁨마저도 앗아가 버린 것이
아닌가 하는 느낌마저 들었다.

여행 일정의 마지막 날 현승은 금란과 함께 허드슨 강가에 있었다.
허드슨강은 현승이 본 미국의 풍경 중에서는 가장 우아하고 아름다운
것이었다. 그것은 천년이 가도 제 가진 야성을 벗지 못할 맨하탄의 어
머니 같아 보였고 영원히 철부지로 남을 브로드웨이의 누이로 보였다.
그것은 세계의 악과 어둠과 쓰레기들을 말없이 씻어내리는 뉴요크의
젖줄이었고 피와 고름과 정액들을 걸러 주는 뉴요크의 샘물로 보였다.
혼다를 타고 달리거나 차에서 내려 걸으면서 그들은 발목이 시도록 강
변을 헤매었다.

허드슨 강물 위에 해가 떨어지고 있었다.

내일이면 현승은 한국으로 돌아가야 한다. 그들은 이렇게 어렵사리
만나고서도 아직 마음 속에 있는 한 마디 말도 하지 못했다. 할 말이 없
어서가 아니었다. 할 말은 지천이었지만 무슨 말을 어떻게 해야할 지를

몰라 입을 떼지 못하고 있을 뿐이었다. 그러는 동안 그들은 어렴풋이 그들의 사이에 메꿀 수 없는 긴 골이 패인 것을 느꼈다.

현승이 가까스로 말했다.

「내일은 내가 한국으로 돌아가야 하는 날이군요」

「그렇군요, 그간 불편하셨던 것은 없었어요?」

「없었어요. 덕분에 즐거운 날이었어요」

서로의 대답에는 아직도 감정을 담은 말을 피하려는 의도가 역력했다. 그런 의도는 현승 보다 금란이 더한 것 같았다. 현승은 몹시 섭섭했다.

「앞으로 우리는 어떻게 되나요?」

「글쎄요, 그것은 현승씨의 뜻이예요」

「내가 어떻게 했으면 좋겠소?」

금란은 현승을 빤히 쳐다보다가 내뱉듯 말했다.

「미국으로 이민하세요」

현승은 화가 치밀었지만 눌러 참으면서 말했다.

「금란이 귀국해요, 나는 미국에서 살 수 있을 것 같지 않아요, 한국도 지금은 옛날처럼 그렇게 가난한 나라가 아니예요, 설사 미국이 부자 나라라 한들 그것이 우리에게 무엇을 해 줄 수 있다고 생각해요? 평생을 서툰 몸짓, 서툰 말씨, 곳곳에서 만나는 인종차별, 언제나 발길에 감기는 이방인 의식, 한 시도 마음 놓이지 않는 일상 생활, 거기서 무얼 찾고 무얼 얻겠다는 건지 나는 이해할 수가 없어요, 미국 생활 정리하고 금란이 귀국해야 해요. 때를 놓치면 서로가 후회하게 돼요」

현승은 자꾸만 격해지려는 감정을 억제하며 그녀에게 설득조로 말했다. 금란은 대답이 없었다. 얼굴을 들지 않았지만 그녀의 얼굴에는 눈물이 흐르고 있었다. 현승은 고삐를 늦추지 않았다.

「대답해요, 금란은 귀국해야 해요, 내가 있고 어머니가 기다리시는 나라로 반드시 돌아와야 해요, 그렇지 않으면 우리는 불행해지고 말아요」

「그만해요, 그만해요, 그런 것을 누가 모르나요」

「그러면 왜 대답을 못해요?」

「기다려요, 집에 돌아가서 말할께요, 재촉하지 말아요」

그들은 아름다운 허드슨 강가에 슬픔의 눈물을 뿌리며 아파트로 돌아왔다. 돌아와서도 서로간 가슴에 가득히 쌓인 말 한 마디를 뱉아내지 못하고 차마 얼굴도 바라보지 못한 채 하룻밤 밖에 남지 않은 시간을 바람처럼 흘려보냈다.

자정이 되었을 때 금란이 입을 열었다.

「현승씨, 저는 돌아갈 수 없어요, 제가 지금 한국으로 돌아간다면 지금까지 바라고 기대했던 저의 길고 외로웠던 세월은 다 무엇이겠어요? 가난이 싫어서 떠난 세월이었는데 그 가난을 이길만한 돈도 학업도 저는 이루지 못하였어요, 뼈에 저리도록 기다리던 저의 고통과 외로움을 생각한다면 현승씨가 이리로 오셔야 해요, 그리하여 우리가 합심하여 남은 인생을 가꾸어 나가야 해요, 저를 사랑하는 마음이 있다면 그렇게 한다고 말해주세요, 제겐 그것만이 기쁨이고 희망이에요」

「그것만이 금란이 갈 수 있는 유일한 길이라고 생각하나요?」

「그래요, 당신이 오셔야 해요, 당신이 오셔야……」

금란은 다시 흐느끼기 시작했다. 현승은 그녀의 어깨를 끌어 안았다. 그녀는 어깨가 흔들리도록 울고 있었다.

그때 현승은 어떤 말로도 그녀를 회유할 수 없다는 것을 알았고 둘이서 다 같이 위로 받을 수 있는 말은 이 세상에 존재하지 않는다는 것을 깨달았다.

　날이 새고 비행장까지 현승을 바래다 주는 금란은 아무 말도 하지
않았다. 현승도 더 이상 어떤 말도 하고 싶지 않았다. 트랩으로 가는 현
승을 바라보면서도 금란은 손을 흔들지 않았다. 비행기에 오르면서 멀
리 바라보이는 그녀의 모습은 누가 옮겨 심기 전에는 그 자리를 뜨지
않을, 작게 흔들리는 한 포기의 글라디올라스였다.

비행기에 오르면서 멀리

바라보이는 그녀의 모습은

누가 옮겨 심기 전에는

그 자리를 뜨지 않을,

작게 흔들리는 한 포기의 글라디올라스였다.

이름과 이름 속에서

한 여자의 이름을 빌어
유리잔처럼 부서져 버린

애잔한 한 이별의 글을
그대의 무릎 아래 펼쳐놓나니―

콜럼버스가 탐험에 들어갔을 때 사람들은 사서 고생한다고 그를 비웃었습니다.

라이트 형제가 하늘을 날아보겠다고 했을 때 사람들은 그를 미쳤다고 조롱했습니다.

베토벤은 음악선생님께 음악에 소질이 없다는 핀잔을 받았습니다

사람들의 충고, 참고할 수는 있지만 내 인생을 좌우할 수는 없습니다.

― 광수생각

사람들은 이런 글을 재미있어 한다. 왜 그럴까? 그것은 너무 많은 사람들이 너무 많은 글을 썼기 때문이다. 너무 많은 사람들이 너무 많은 글을 써서 세상 속으로 던져놓았기 때문이다. 던져놓은 책들을 스스로

는 알지 못하는 힘들이 읽지 않으면 안되도록 끌어당기고 물을 먹였기 때문이다. 아무 것도 강요할 수 없는 시대에, 알 수 없는 일들이 사람들을 강요한다. 사람들은 알게 모르게 그 강요에 허리를 휘인다.

수많은 문장가들과 수많은 가인들과 수많은 산문과 수많은 시들이 넘치고 범람하는 시대에 살고 있기 때문에 이제는 더 아름다운 산문도 더 매혹적인 시도 사람들에겐 없다. 설령 매혹적인 시와 아름다운 산문이 있다손 치더라도 사람들은 그런 것에 무감각해져 버린 시대에 사람들은 살고 있다.

그렇다면 이제는 글 따위는 쓰지 말아야 한다. 허황된 수사들의 나열인, 산문도 시도 쓰지 말아야 한다. 그것이 진정으로 사람들을 위하는 길이고 한 시대를 함께 걸어가는 사람들의 마음을 편하게 하는 길이다.

먹고 싶을 때 먹고 잠 자고 싶을 때 잠 자도록 내버려 두어야 한다. 그렇지 않은 것은 일종의 도덕적 범죄행위다. 글쟁이는 일종의 도덕적 범죄행위를 저지르고 있는 것이다. 그러나 글을 쓰는 사람은 그러한 범죄행위를 스스로 저지르며 글을 쓴다.

누가 그 일을 말릴 것인가?

과연, 가장 아름답고 가장 슬프고 가장 애틋하고 가장 잔인한 글을 쓸 수가 있는가? 그것은 특수한 삶과 특수한 체험과 특수한 감정의 무늬와 특수한 글솜씨를 가진 사람에게만 가능할 것이다.

그러나 그러한 특수한 삶을 산 사람이 아니라 하더라도, 스스로의 삶을 뒤돌아 볼 수 있는 사람, 스스로의 삶을 다듬이질 할 수 있는 사람, 삶을 끌어안고 함께 아파하고 함께 울 수 있는 사람에게 그런 글은 가능할 것이다. 진실로 그런 사람만이 타인들의 가슴을 울릴 수 있는 글을 쓸 수 있을 것이다.

　누구든 제 세대의 사람과 제가 사는 마을과 들의 이름을 안다. 강과 산의 이름을 안다. 꽃과 나무와 풀과 새의 이름을 안다. 하물며 스스로와 눈빛이 닿고 목소리가 닿은 사람임에랴.
　살아있는 것은 모두 이름을 지닌다. 사람도 동물도 새도 곤충도 살아있는 것은 무엇이든 제 이름을 지닌다. 그러니까 이름을 지니고 있는 동안은 살아 있는 것이고 이름이 사라지는 순간부터 그것은 이 세상 것이 아니다. 사람과 동물이 다른 점은 사람은 제 각각의 이름이 있지만 짐승과 새들은 종족의 이름만 있다는 것이다. 그러나 새나 짐승에게 이름이 있다는 것도 짐승 스스로가 붙인 이름이 아니라 사람이 사람의 편의에 따라 그것들에 붙여준 이름일 뿐이라는 것이다. 그런 것으로 보면 이름이란 오로지 사람만이 향유하는 것이다. 사람과 이름, 그것의 미묘하고 아름다운 차이—,

　사람들의 곁에는 항상 사람의 이름이 함께 한다. 인순이, 영이, 남이가 함께 하고 균이, 석이, 철이가 함께 한다.
　당신의 곁에서, 당신과 함께 한 사람들의 이름을 기억해 보라, 수많은 작고 여린, 강하고 억센 이름들이 떠오르고 사라질 것이다. 그 이름들은 결국 당신의 삶의 일부이면서 전부, 당신의 삶의 기쁨이면서 슬픔일 것이다.
　그러한 기쁨이면서 슬픔인 이름들이 당신 곁에 없다면 누가 산문을 읽고 시를 읽을 것인가?

　그리하여 현승이라는 이름을 한 한 사람이, 세상에서 가장 작고 사

소한 일과, 세상에서 가장 여리고 가벼운 한 사람과의 만남과 헤어짐을
이같이 긴 말들을 엮어 그 흔적을 남기노니—

그리하여 민들레 같이 날아가 버리기 쉬운 금란이라는 한 여자의 이
름을 빌어 유리잔처럼 부서져 버린 애잔한 한 이별의 글을 그대의 무릎
아래 펼쳐놓나니—

누구든 제 세대의 사람과

제가 사는 마을과 들의 이름을 안다.

강과 산의 이름을 안다.

꽃과 나무와 풀과 새의 이름을 안다.

하물며 스스로와 눈빛이 닿고 목소리가 닿은 사람임에라.

사랑은 유리기차를 타고

심포지음에서 돌아온 현승은 한 학기를 무위로 보냈다.

그토록 기다렸던 금란과의 해후가 허드슨 강변에서의 슬픈 이별로 끝난 뒤 현승은 일종의 허무주의자가 되어 도시의 골목길을 떠돌았다. 절망의 심연 같은 것이 뇌리를 억누르고 있는 것을 현승은 똑똑히 보았다. 현승이 허무의 늪에서 흐느적이고 있을 때에도 길가의 민들레는 부유하는 꽃씨를 하늘가로 날려보냈고 닥나무들은 부지런히 잎을 피웠다가 부지런히 잎을 땅으로 내려보냈다.

그들의 결별은 예정된 것이었고 그들의 불행은 애초부터 점지된 것인지도 몰랐다.

그러나 그들의 결별은 반어적이게도, 사랑은 서로 할키면서도 살 닿은 곳에 있어야 한다는 사실을 뼈저리게 체험하게 해준 것이 되었다.

현승은 허무의 구름 송이가 가슴 속으로 밀려드는 것을 보면서도 그 것을 피하려 하지 않았다. 다가오는 먹장구름을 가슴으로 껴안았다. 그 런 때 악과의 친교는 달콤했고 감정의 명령대로 살아가는 일은 오히려 위안이었다.

때로 거기에 줄을 긋고 때로 거기에 얼굴을 파묻고 고민하던 글귀들 도 모두 밀어던지고 싶은 혐오의 적이 되었다. 책을 던지고 볼펜을 버 린 후, 술과 환락에 젖어 자신을 내동댕이쳐 보는 일, 그 길도 분명히 인간이 살아가는 길 중의 하나임을 현승은 서서히 깨달았다. 짜릿하고 감미로운 쾌락의 당의정, 그것 또한 억제할 수 없는 감정의 부유물을 씻어내릴 수 있는 소낙비가 될 수 있다는 것을 깨닫기 시작했다.

그런 나날 속에서 현승은 가을을 보내고 겨울을 맞았다.

술집에서 만난 친구의 권유로 자동차 운전을 배웠고 운전 교습소의 알선으로 낡은 코로나 한 대를 샀다. 코로나는 한동안의 현승의 충실한 하인이요 반려가 되어주었다. 머리가 무겁고 가슴 속에 먹구름이 몰려 오는 때면 현승은 그것을 끌고 내키는 대로 산과 들을 돌아다녔다.

현승은 12월도 두 주가 지나고 있는 주말 오후에 자신의 하인이요 반려인 코로나를 끌고 세 시간이면 닿을 수 있는 고향길에 올랐다. 코 로나를 산 뒤 처음 길이고 다녀온 지 육년만의 길이었다.

차는 덜컹거리는 비포장 길을 쉬임없이 달렸다. 가볍고 작은 경편차 는 울퉁불퉁한 길 위에서 서툰 운전을 비웃으며 가랑잎처럼 까불었다. 읍내까지는 그래도 무사했지만 읍내에서부터는 비탈길의 연속이어서 차는 한갓 종잇장에 불과했다. 그래도 기왕 온 고향길이라 천식을 앓는 환자처럼 가르릉거리는 차를 우격다짐으로 끌고 재를 넘고 고개를 타 고 내렸다.

싸리나무 오리나무 가지가 세차게 매질하는 산길을 덜커덩거리는 차를 몰고 고개마루에 올랐을 때 눈 아래는 언제나 순한 짐승처럼 엎드린 마을들과 들판 가운데 기도하듯 서있는 학교와 면사무소 지붕이 옛날 모습 그대로 눈에 들어왔다.

과수원!

현승은 잠시 시선을 곧추 세우고 과수원을 찾았다. 과수원이 거기 있었다. 보라색으로 둘러싸인 과수원은 이미 푸름을 잃었지만 틀림없는 그 자리에 누구를 기다림도 없이 그냥 그 자리에 과수원은 서 있었다.

과수원을 내려다보며 잠시 옛날 생각을 하는 동안 차는 내리막 길을 제 마음대로 쏟아져 내려가고 있었다.

아차,

브레이크를 밟았지만 이미 차는 현승의 말을 듣지 않고 삭은 고철 덩어리처럼 언덕길을 내리닫고 있었다. 먼지 투성이가 된 차는 창 밖을 볼 수가 없었고 내리막 길은 가속이 붙은 차를 더 빨리 내려오라고 손짓하고 있었다. 차는 팔랑개비와 같았고 길 아래 쪽에는 열 길이 넘어 보이는 낭떠러지가 입을 벌리고 있었다.

현승은 모롱이를 돌 적마다 차를 세워보려고 비지땀을 흘렸지만 이젠 차를 세울 수도 돌이킬 수도 없어 돌멩이처럼 굴러가는 차에게 모든 걸 맡겨둘 수밖에 없었다. 얼마를 더 내려왔을 때 갑자기 차 앞에 송아지 한 마리가 나타났다. 현승은 무의식적으로 급브레이크를 밟았고 송아지는 오히려 차를 향해 뛰어들고 있었다. 핸들을 한 번 꺾는 순간 차는 송아지를 피해 낭떠러지로 굴러 떨어졌다. 순식간의 일이었다. 갑자기 자동차의 문이 열리고 현승의 몸뚱이는 차문 밖으로 솔방울처럼 튀었다.

금란이 회사에서 퇴근을 하려고 책상 위의 서류들을 챙기고 있는데 전화 벨이 울렸다. 가끔 있는 일이어서 전화를 받지 않으려다가 무심중 손이 수화기를 잡았다.

한국에서 걸려온 전화였다. 전화 속의 목소리는 어머니의 것이었다. 전화는 끊어졌다 이어지기를 여러번 되풀이하였다. 그리고 전화 속의 목소리는 평온한 것이 아니라 떨리는 목소리였다.

「엄마, 저예요, 금란이예요, 말씀하세요」

「금란아, 현승이가, 날 보러, 오다가, 자동차 사고를, 자동차, 사고를……」

「뭐라고요, 현승씨가 어떻게 됐어요?」

「자동차가, 내리막길에서, 미끄러져서, 그만……」

「그래서 어떻게 되었어요? 목숨은, 목숨은요? 뭐라고요? 지금 진료소에 있다고요? 」

「아무도, 돌 볼, 사람이, 없는데, 어찌해야 되겠노? 그래, 어찌해야 되겠어, 네가, 와서, 도와야해, 사람이 없어」

어머니의 전화는 거기서 끊겼다.

「여보세요, 여보세요」

아무리 불러보아야 전화는 대답이 없었다. 금란은 털썩 자리에 주저앉았다. 다급하던 어머니의 목소리는 거기서 끊겼지만 안절부절하는 어머니의 얼굴이 눈에 어른거리고 피투성이가 된 현승의 모습이 눈 앞을 가로막아 금란은 일어설 수가 없었다. 의자에 앉아 얼굴을 파묻었다. 무엇이 급하고 무엇이 덜 급한 지를 분간할 수가 없었다. 무엇을 어떻게 해야할 지를 알 수가 없었다. 그러다가 생각했다.

귀국할 것인가? 아니면 덮어둘 것인가?

현승은 살아 있을까? 진료소에 있다고 했으니 불행하게 된 것은 아닐테지, 그렇다면 병원도 아닌 진료소에서 환자의 치유는 가능할까?

「아니다 내가 가야한다. 어떤 일이 있어도 내가 가야한다. 내 일생을 건 그 이의 불행을 나는 외면할 수 없다. 그리고 그 불행은 나 때문에 일어난 것이다」

이튿날 아침 일찍이 출근하여 휴가원을 내고 금란은 공항으로 가 귀국길에 올랐다.

금란이 고향에 도착했을 때 현승은 사흘째 진료소에 누워있었지만 그때까지 의식을 회복하지 못하고 있었다. 지은 지 반 세기에 가까운 진료소의 건물은 건물이 아니라 바람벽에 불과했고 의사 역시 정식 의료수업을 받은 바 없는 돌팔이 의사였다.

상반신과 얼굴을 붕대로 싸맨 채 누워있는 현승에게서는 숨소리 외에는 들리는 것이 없었다. 고통마저도 그에게서는 사라진 듯했다. 금란은 현승의 곁에 서서 현승의 몸 가운데서 유일하게 붕대에 싸이지 않은 손을 만져보았다.

손은 따스했다. 아, 살아 있구나,

그러나 그런 감촉을 인지할 능력을 잃은 지 오랜 현승은 비탄에 젖은 금란의 손에서도 아무런 감각을 느끼지 못했다.

금란은 몇 시간이고 그 자리에 서서 현승의 누워있는 모습을 바라보며, 현승이 자신에게 남기고 간 말과 체온을, 허드슨 강가에서의 희원(希願)에 찬 눈동자를 생각했다.

그러다가 금란은 현승의 침대 아래 무너지듯 꿇어앉아 현승의 손을 자신의 볼에 갖다 댔다. 금란의 눈에는 하염없는 눈물이 흘러내렸다. 팔년의 세월이 주마등 같이 지나갔고 걷잡을 수 없는 회한들이 주명곡처럼 가슴을 치며 울려오고 있었다.

인간의 생명을 구하기 위해 배우고 익힌 나의 간호학이, 수많은 낯선 사람들을 감싸주고 보호했던 나의 간호 행위가 나의 살이고 목숨인 한 사람의 생명을 회생(回生)시키는 데 도움을 주지 못한다면 나의 지금까지의 삶은 무엇을 한 것인가? 간호원은 언제나 명석한 판단력을 가지며 경험을 쌓아 숙련에 이르기를 힘 쓰며 신속하고 정확한 실행과 세심한 주의를 기울이는 자상한 조력자가 되어야 한다는, 잠들다가도 외운 간호원 수칙은 과연 무엇을 의미하는가? 간호는 생명 없는 대리석이나 나무토막을 살리는 것이 아니라 살아 있는 인간을 살리는 차원 높은 정신적 행위이며 그것은 언제나 익숙하고 섬세한 손길이 필요하다는, 신분증처럼 가슴에 지니고 다녔던 간호원의 신조는 무엇이란 말인가? 인간의 천사인 플로렌스 나이팅게일의, —간호란 정밀한 예술 중 가장 정밀한 예술—이란 언명은 나에게 과연 무엇이란 말인가? —보살피고 길러라, 힘을 돋구고 지켜라— 는 '간호'라는 말의 의미는 대체 나에게 무엇을 말하는 것인가?

금란은 사무치는 통한이 뇌리를 누르는 것을 저항할 힘도 없이 지켜보기만 했다. 눈물이 손수건을 적셨다. 마음으로 드리는 기구는 허공을 뚫고 먼 하늘로 날아갔다. 밤은 이미 날개를 펴고 지붕과 지붕의 경계를 짓뭉개며 내리고 있었다.

별도 묻히고 없는 산과 산 사이의 마을에는 거대한 어둠을 밝히기에는 어림도 없는 작은 등불들이 반딧불처럼 내어 걸리고 있었다. 어둠은 천년이 지나도 그대로의 어둠이었고 유구한 세월이 지나도 태고적의 빛깔 그대로의 어둠이었다.

금란은 조용히 일어서서 입원실 문을 밀고 밖으로 나왔다. 그리고 한 발자욱 한 발자욱 무거운 걸음을 옮겨놓았다.

옛날 교복 입은 현승을 곁에 앉혀두고 두 사람의 일생을 함께하게 해 달라고 주님께 기도드리던 그 교회로 가는 것이었다.

돌에 발길이 부딪치고 작은 여울물에 신발이 젖었지만 금란은 그런 것을 염두에 둘 여유가 없었다. 마음은 해일이 지나간 모래밭 같이 텅 비었고 정신은 벌판을 지나는 황황한 바람 같이 울음소리를 냈다.

금란은 이미 자기의 육신이기를 거부해 버린 무거운 발길을 간신히 떼어놓아 마을의 끝에 서있는 교회 쪽으로 가고 있었다. 교회에는 자신의 슬픔을 풀어놓을 최소한의 작은 공간과 안식이 있을 것만 같았고 가눌 수 없는 몸을 쓰러뜨려도 받아줄 넉넉한 품이 있을 것만 같았다.

구비 돌고 바람 타는 마을의 남쪽 끝에, 옛날 그 자리에, 옛날 그 모습 그대로 교회는 있었다.

교회는 아무 것도 변한 것이 없었다. 거기서 주님을 알고 거기서 신앙을 익히고 거기서 기도를 올리고 마음의 평화를 얻었던 그 교회가, 지나간 세월과 꼭 같이 찾는 사람 하나 없는 어둠 속에 눈물로 돌아온 금란을 말없이 맞고 있었다. 금란은 그때와 꼭 같이 설교단의 양쪽 옆에 세워진 촛불에 성냥을 그어 불을 붙였다. 커튼과 성화들이 불빛 속에 보였다.

금란은 설교단을 채 올라가지도 못하고 계단 복판에 무릎을 꿇었다. 눈물에 얼룩진 눈시울에 고뇌에 찬 예수상이 보였다. 머리가 텅 비어 어떤 간구도 울어나지 않았다. 가슴엔 질풍노도가 몰아쳤지만 어떤 말로 현승과 자신의 운명에 대해 기구를 드려야 할 지를 알 수가 없었다.

그때 금란의 귀에는, 어디선가 아직 한 번도 들어본 적 없는 찬란하고 신비한 선율이 부드럽게 들려오기 시작했다. 선율은 처음에는 귀를 울리다가 차츰 가슴 속으로 파고 들었고 이어서 그것은 금란의 육신을 세차게 흔들었다. 선율은 우렁찬 교향악이 되어 살을 뚫고 폐부를 거쳐 뼈 속에 스미는 영혼의 음악이 되었다.

기쁨과 밝음, 숭고한 불꽃 낙원의 딸이여
열렬한 심정으로 그대 성소(聖所)에 들어가네
관습이 분열시킨 모든 것
그대 마법으로 함께 묶네

모든 이 형제됨이여
그대의 부드러운 날개 아래
변치않는 우정 우리 세웠으며
사랑스럽고 진실한 반려자 우리 맞이했네

오직 하나의 영혼이라도 자신의 것이라 주장하는 이
이 찬양의 노래 함께 들어라

고독한 자 눈물 거두고
우리에게로 돌아오라

생명체여, 환희의 잔을 들자
자연의 품 안에서 숨 쉬는 이 함께 환희의 선물 받으라
인사하며 그 열매 베푸는, 끝까지 변치않는 친구

벌레라도 만족 얻으며

잎 진 과수원 안 길, 자기의 옛집을 향해 걸어가고 있었다.

그 길 끝에는 현승이 모래를 던지던

샛방 뒷창문이 불 꺼진 채 자신을 기다리고 있었다.

아니 그것은 아무 것도 기다리지 않고 있었다.

과수원 뒤 여울물 소리도 들리지 않았고

가슴 조이며 기다리던 달맞이꽃 같은

사춘의 소녀 시절도 그곳에는 기다리지 않았다.

어린 천사도 하나님 앞에 서니
영화로운 우주 누비는 뭇 별처럼 기쁘게
형제여, 자신의 길 달리자, 정복의 영웅처럼

만인이여 내 품이 넓어 세계를 향해 인사 보내니
형제여, 천상의 뭇 별 위에 사랑의 하나님 계실 것이니
엎드려 경배하는 자 그대의 창조주를 아는가
하늘에 계신 그 분의 사랑을.

금란은 눈물을 씻고 자리에서 일어섰다. 그리고 조용히 촛불을 끄고 교회의 문을 밀고 나왔다. 슬픔 위에 빛이 보이는 듯했다. 아까 왔던 길을 걸어 뿌리 뽑힌 무밭을 가로질러, 두근거리던 가슴을 달래며 잎 진 과수원 안 길, 자기의 옛집을 향해 걸어가고 있었다.

그 길 끝에는 현승이 모래를 던지던 샛방 뒷창문이 불 꺼진 채 자신을 기다리고 있었다. 아니 그것은 아무 것도 기다리지 않고 있었다.

과수원 뒤 여울물 소리도 들리지 않았고 가슴 조이며 기다리던 달맞이꽃 같은 사춘의 소녀 시절도 그곳에는 기다리지 않았다.

© 이기철 1999

마지막이 아름다운 글을 위하여
— 현승을 대신하여 '나' 라는 이름으로

제재소가 있고 약방이 있었다. 옷가게가 있고 책방이 있었다. 읍내에는 이렇다할 큰 서점이 없었지만, 있다 해도 크고 화려한 서점보다 구멍가게의 책방이, 웬만한 글이라면 서서 읽는 가난한 독자들의 마음을 편하게 했다. 매운 먼지 냄새가 코에 스미는 그런 책방에는 신간보다 헌책들이 더 많았다. 시는 서가(書架)앞에 서서 읽었고 소설은 읽는 시간이 오래 걸려 책을 살 수밖에 없었다.

학교가 파하고 나면 가끔씩 책가방을 손에 쥔 채 책방엘 들르는 것이 습관이 되어 있었다. 거기에는 갖지 못한 책들이, 시집이, 소설이 가득 쌓여 있었다. 거기에 있는 책들의 내용을 다 알 수는 없었지만 그 책들의 표지만 보아도 마음이 설레였고 책방 문을 밀고 들어가 책 냄새와 먼지 냄새를 맡는 것만으로도 행복했다.

책은 대여되지 않았다. 그러기에 소설을 읽으려면 책을 사야했다. 그러나 책을 살만한 여유가 없었다. 어머니에게 만년필을 사야 한다고 말하고 돈을 얻었다. 어머니는 쌀 뒤주에서 쌀 서너되를 팔아 돈을 만들어 주었다. 돈을 주면서,

「그 만년필로 공부해서 이번에도 우등상을 받아야 한다」

는 말씀을 잊지 않고 덧붙이셨다. 그 돈으로 나는 책방으로 가서 만년필 대신 소설책을 샀다. 그렇게 산 책이 박계주의 『순애보殉愛譜』였다. 돈이 남으면 다른 책을 뒤적거렸다. 그러다가 다시 발견한 책이 김래성의 『애인』이었고 정비석의 『산유화』였다. 한갓 통속소설일 뿐인 그런 소설들이 그때로서는 어떤 위대한 소설보다 나의 마음을 파고 드는, 나를 사로잡는 소설이었다. 나는 그런 소설들을 읽을 때는 행복했다. 그런 소설들의 마지막 장면은 언제나 나를 울렸다. 기뻐서도 울고 서러워서도 울었다. 그리고는 '나도 크면 꼭, 한편만이라도 그렇게 아름답고 서러운 소설을 써서 나의 독자를 울리리라'고 생각했다. 그러면서도 나는 꼭, 마지막이 아름다운 소설을 써야한다고 생각했다.

이제 그러한 나의 꿈을 다 채우지는 못했지만, 부끄럽고 두근거리는 이 한 편의 작품, 『손수건에 싸 준 편지』를 세상에 내어 놓는다. 이야기가 있으니 소설의 모습이고 각편마다 사이 사이에 사색록이 들어 있으니 에세이의 빛깔을 띠고 있다. 이름하여 '이야기가 있는 에세이' 다.

나는 실로 밤새 우는 소리를 들으며 어둠 속을 걸어가, 불켜진 소녀의 창문을 향해 모래를 던질 때의 설레는 마음으로 이 글을 썼고, 무수한 신발 자욱이 찍힌 그 과수원 길에서의 첫 이별의 슬픈 마음으로 이 글을 썼다. 손수건에 싸인 편지를 뜯어보는 두근거리는 마음으로 이 글을 썼고 도라지꽃을 꺾어 가슴에 달아주며 「대니보이」를 부르는 마음으로 이 글을 썼다.

　명품을 만드는 일은 나의 몫이 아니다. 나는 다만 나의 마음 깊은 곳에 서린 기쁨과 우수를 빌어 이 글을 썼다. 쓰다보니 이 글은 '현승'이나 '금란'의 글이 아니라 이 글을 읽는 모든 독자의 글임을 느낀다. 이 한 편의 소심록(素心錄)을 작품의 이름으로 내어놓는 이유가 그런 데 있다.

　하늘에는 구름이 흐르고 땅 위에는 물이 흘러간다. 내일도 모래도 구름과 물은 제 길을 따라 흐를 것이다.

이야기가 있는 에세이

손수건에 싼 편지

글쓴이 / 이 기 철
펴낸이 / 孫 貞 順
펴낸곳 / 모아드림

1판 1쇄 발행일 / 1999년 8월 12일
1판 2쇄 발행일 / 1999년 9월 11일

120-193 서울시 서대문구 북아현3동 180-22호
전화 / 365~8111~2,
팩시밀리 / 365~8110
E-mail:morebook@ netsgo.com
등록번호 / 제2-2264호 (1996. 10.24)
교정 · 박미화 / 디자인 · 임선희

ⓒ 이 기 철
ISBN 89-87220-48-6

＊잘못된 책은 구입하신 서점에서 바꾸어 드립니다.
＊지은이와의 협의하에 인지를 붙이지 않습니다.

값 7,500원